JEFE PERVERSO

LOS HERMANOS BRATVA
LIBRO 2

WILLOW FOX

VI

Traducido Isabel G.

Portada de Slow Burn Publishing.

Diseño de portada por Get Covers

CAPÍTULO UNO

LUKA

La morena sentada al otro lado de la barra mira fijamente su teléfono, deslizando las noticias. Su taburete gira mientras se balancea hacia adelante y hacia atrás, incapaz de quedarse quieta. Prácticamente resplandece. Está radiante y sexy con un vestido rojo oscuro sin tirantes.

Quiero arrancárselo.

¿Estará aquí para una cita o ha quedado con sus amigas? Una chica como *ella* no suele aparece sola. No si es inteligente y quiere estar tranquila.

No he venido a ligar, aunque me haya llamado la atención y no pueda apartar los ojos de ella. He quedado con Mikhail para tomar unas copas y relajarnos ahora que la noche aún es joven.

El bar se vuelve más bullicioso a medida que se llena de gente. La observo desde la distancia. No puedo apartar la mirada, pero ella ni siquiera ha levantado la vista ni ha mirado en mi dirección. Está obsesionada con su maldito teléfono.

¿Qué pasa con los jóvenes de hoy en día? Vale, técnicamente no es una niña. Le pidieron el carné al entrar en el local, lo que significa que tiene al menos veintiún años, pero es joven. Podría tener veinticinco incluso; siempre he sido malo calculando edades. Aunque no es posible de que esté cerca de mi edad. No se acerca a los treinta, y yo estoy a unos pocos años de los cuarenta.

¿Cuándo me he hecho tan viejo?

La idea de asentar la cabeza es inexistente. No soy el tipo de hombre que forma una familia. Solo pondría sus vidas en peligro y no establezco conexiones románticas.

Disfruto de mi juventud, o al menos de lo que queda de ella, cayendo en las camas de mujeres desconocidas para mostrarles lo que es ser devoradas.

—¿Algo de beber? —pregunta Mikhail.

—Yo me encargo. —Sé lo que le gusta, y me dirijo a la barra. Apenas hay espacio para estar de pie, y el camarero desaparece por la parte trasera. ¿Estará tomándose un descanso para fumar?

Exhalo un suspiro profundo. A este paso, estaré aquí toda la noche esperando para pedir un whisky. Decido actuar. Me coloco detrás de la barra como si fuera el dueño del lugar y cojo dos vasos y el mejor whisky del estante superior.

—Me gustaría un Fuzzy Navel —dice la morena. Su tono es un poco cortante, y por fin levanta la vista de su teléfono. La chica tiene los ojos más azules que he visto nunca.

Termino de servir la bebida de Mikhail y la miro de arriba abajo.

—Has estado con el teléfono toda la noche —digo.

Aprieta los labios.

—¿Me has estado observando? —Se mueve,

visiblemente incómoda bajo mi escrutinio, como si la estuviera juzgando.

Cojo un vaso vacío y los ingredientes para preparar la bebida que ha pedido.

No tiene sentido mentir. Ya he confesado que me he dado cuenta de que ha estado distraída y sola.

—Es difícil no fijarse en la mujer más hermosa del bar —digo, deslizando su bebida por la mesa—. Invito yo —añado.

Llevo las bebidas que he servido para Mikhail y para mí de vuelta a la mesa.

—Ya era hora —murmura Mikhail.

—Lo siento, me distrajo esa morena que está bebiendo sola.

Mikhail ni siquiera intenta mirar disimuladamente por encima de mí a la chica del vestido escarlata.

—Es toda una joya. Jovencita. Siempre vas detrás de mujeres que tienen la mitad de tu edad.

—¿Y tú no?

Mikhail no es ningún santo.

—No estamos hablando de mí —dice y da un trago a su whisky—. Quieres irte a casa con ella. —No es una pregunta. Ya sabe la respuesta. Sin embargo, no se trata de lo que yo quiero. Estoy aquí vigilándolo, asegurándome de que se lo pasa bien y llega a casa sano y salvo.

No me preocupa que conduzca sobrio a casa. Es bratva y el Pakhan, el líder de la manada. Mi jefe y mentor. Lo que me preocupa es la Mafia italiana y el Cártel colombiano. Nuestros dos mayores enemigos podrían estar acechándonos en cualquier momento.

Tengo que estar alerta y mantener a Mikhail protegido. Soy su guardaespaldas, y si no estoy con él, Nikita le está vigilando de cerca.

—Ve a hablar con ella. Estaré bien. El lugar está lleno pero tranquilo.

Es decir, ninguno de nuestros enemigos está bebiendo aquí esta noche. Se lo agradezco.

—Si insistes —digo y no espero a que Mikhail cambie de opinión. Le lanzo las llaves porque las necesitará para volver a casa esta noche.

Puedo llamar a un taxi o a un servicio de transporte para volver al complejo. Tengo mi teléfono móvil en el bolsillo de la americana y mi cartera en los pantalones. Voy demasiado elegante para el bar, pero me he quitado la americana y la llevo colgada del brazo.

No estoy en la mesa con Mikhail más que unos segundos, bebiéndome mi whisky antes de volver a la barra.

El camarero sigue sin aparecer. ¿Se habrá largado?

Ojos azules levanta la vista de su teléfono cuando me dirijo hacia la barra.

—Me vendría bien otro de estos —dice. Como si yo debiera recordar lo que ha pedido.

Si yo fuera camarero, no estoy seguro de si recordaría la bebida de cada cliente, pero ella es inolvidable.

—Un Fuzzy Navel —digo y me deslizo tras la barra. Le preparo un segundo vaso y se lo paso antes de rodear al otro lado—. ¿Dónde está tu novio? —pregunto.

Ella acerca la bebida a sus labios y me examina con la mirada.

—¿Te refieres a mi amigo que me ha dado plantón? —Señala hacia la pareja a unos metros de distancia, besándose contra la pared.

—Deberían buscarse una habitación —digo.

Se termina la bebida y hace ademán de levantarse.

—Debería irme ya. Se acabó la noche.

—La noche aún es joven. Es viernes, ¿qué tienes planeado hacer cuando llegues a casa? —Imagino que se meterá en la cama y se dormirá sola.

—Un baño caliente de burbujas si me voy ahora —dice y mira su reloj. Evita mi mirada ardiente, y sus mejillas se sonrojan cuanto más mantengo el contacto visual con ella.

Es difícil oírnos con el bullicio de la multitud. Me inclino, mis labios rozando su oreja.

—¿Y eso es lo que preferirías estar haciendo esta noche? —pregunto, asegurándome de que pueda oírme.

Juraría que la siento estremecerse.

Su respiración se hace más profunda, y sus ojos se oscurecen mientras me sostiene la mirada.

—No, —Su voz se quiebra. Traga saliva y se humedece los labios secos. Un suave suspiro escapa de su boca—. ¿No tienes que atender la barra?

Miro hacia la barra y le dedico una sonrisa ganadora.

—Creo que lo tienen todo controlado.

Se mueve en el taburete, y juraría que está apretando sus muslos, balanceándose ligeramente, aplicando presión en el punto exacto.

Enredo mis dedos en su pelo, apartando los rizos detrás de su cuello. Mi contacto es suave y reconfortante.

—Entonces, ¿preferirías estar ahora mismo en un baño de burbujas en lugar de aquí, disfrutando de la música y el ambiente? —susurro.

—No está tan mal —confiesa.

Una sonrisa se extiende por mi rostro.

—Bien. ¿Quieres jugar al billar? Puedo enseñarte si nunca has jugado.

—Claro.

—Soy Luka —digo, presentándome.

—Hannah.

Tomo su mano y la ayudo a bajar del taburete. Hace tiempo que no juego, pero puedo impresionarla incluso estando oxidado. Alcanzo el triángulo y preparo la mesa.

—¿Has jugado alguna vez? —pregunto.

—Una o dos veces.

Cojo las bolas y las coloco en el triángulo, preparando la partida.

—¿Quieres romper? —pregunto.

—¿Eso es cuando empiezo? —pregunta con curiosidad.

Tengo la sensación de que me está tomando el pelo.

—Sí. —Considero hacer una apuesta, sugerir invitarla a salir si gana, pero no tengo citas. Ese no soy yo.

—Vale —dice Hannah.

Recojo los tacos y le entrego uno. Cojo la tiza y le muestro cómo aplicarla en la punta del taco antes de pasársela para que la use.

—No metas la bola ocho hasta el final. Y tienes que anunciar el agujero.

—Son muchas reglas para recordar. —Deja su vaso vacío en una mesa cercana.

—¿Quieres otra bebida? —pregunto.

—¿Estás intentando emborracharme para que pierda?

Me río por lo bajo.

—Nunca dije que fuera un caballero.

Se muerde el labio inferior y apunta su tiro, mirándome por encima del hombro.

—Si gano, tú pagas la siguiente ronda.

Puedo vivir con esa apuesta.

—Trato hecho.

La chica es una pasada y toda una experta en el billar. No consigo ni un solo tiro. Mete una bola tras otra, ganando un segundo, un tercer y cuarto turno, antes de anunciar el agujero para la bola ocho.

No me gusta perder, especialmente contra una chica.

—Cuesta creer que solo hayas jugado una o dos veces.

—Una o dos veces... a la semana —dice Hannah, habiendo omitido ese importante detalle antes.

—¿Qué estás bebiendo? —pregunto. No pienso ser indulgente con ella en la siguiente ronda. Es buena, pero yo no pierdo.

—Lo mismo de antes —dice.

No me gusta dejarla sola, ni siquiera por un minuto. Otro hombre podría acercarse y captar su atención. Soy rápido y me apresuro hacia la barra, pidiendo otro Fuzzy Navel para ella. Está al otro lado de la sala, y es difícil verla entre la multitud.

Vuelvo tan rápido como puedo, y ya hay algún idiota intentando ganarse su afecto. Ni lo sueñes, colega.

—Estás buenísima —dice el desconocido rubio y bajito, devorando a Hannah con la mirada.

Mi aliento acaricia su oreja mientras me inclino para asegurarme de que puede oírme, junto con el idiota que intenta llamar su atención.

—Eh, cielo. Aquí tienes tu bebida —digo, entregándosela.

Apoyo mi mano en su espalda baja de manera posesiva. No es mía, pero tengo la intención de cambiar eso esta noche.

—Gracias —suspira aliviada y bebe un sorbo de su bebida.

Cuando el tipo, que está a menos de un palmo de distancia, no parece captar la indirecta, ella me agarra por la corbata y tira de mi cabeza hacia sus labios.

Su audacia me sorprende, pero es refrescante aunque lo esté haciendo solo para deshacerse de ese hombre patético que intenta ligar con ella.

Es la chica más atractiva de la sala. Tengo suerte de que no me haya mandado a paseo. Está fuera de mi alcance.

Sus labios cubren los míos, y la atraigo con más fuerza, más firmeza, más cerca. Quiero devorarla.

Mis dedos la aprietan contra mí. Sabe a fresas, y estoy hambriento.

La música retumba por encima de nosotros, el ritmo rápido e intenso, haciendo que sea difícil concentrarme con mi corazón latiendo fuertemente por su boca pegada a la mía. Quiero follármela, pero no aquí. Es demasiado buena para el baño o un polvo rápido en un callejón.

La chica lleva la sofisticación como si fuera una corona, y ella es la reina.

Nuestros besos son febriles y llenos de pasión. Con cada respiración intercambiada entre nosotros, mi cabeza se eleva por encima de las nubes como si flotara en el aire. Es casi como si ella fuera una droga y yo un adicto.

Hannah finalmente se aparta y se pasa una mano por el pelo despeinado, respirando pesadamente.

—Gracias.

—¿Por la bebida o por ayudarte a deshacerte de ese imbécil?

Sus mejillas arden, y sonríe débilmente, bajando la mirada. ¿Está avergonzada por el beso? ¿Qué hombre cuerdo y con sangre en las venas no querría besarla?

—De nada —digo, sin necesitar más explicaciones —. ¿Qué tal otra partida de billar? —pregunto.

—Déjame adivinar, ¿quieres empezar tú?

—Parece justo ya que no tuve turno.

Llevándose el vaso a los labios, da un trago.

—Claro, puedes intentar ganarme.

Reto aceptado.

Hannah coge su teléfono y desbloquea la aplicación de la cámara.

—Ven aquí —dice y da otro trago a su bebida antes de dejarla en el borde de la mesa de billar.

Niego con la cabeza y muevo el dedo hacia ella.

—Ni hablar. —Tengo mis razones por las que odio estar frente a una cámara, aunque ella no necesita saber ninguna de ellas.

—¿Cómo que no? ¿Tienes tres años? —Hannah se ríe y me agarra del brazo—. Sonríe.

Levanta el teléfono y me rodea los hombros con un brazo, acercándome para una foto.

Fuerzo una sonrisa. No es que no esté disfrutando mi tiempo con ella, pero no sé quién verá la foto, y he hecho lo posible por mantener un perfil bajo.

Hannah mira la imagen, poco convencida de haber terminado.

—Otra —dice, y esta vez le doy una sonrisa genuina aunque solo sea para que deje de hacer fotos. Nunca hubiera pensado que era del tipo que le gusta fotografiar cada momento de su vida.

Hace dos fotografías, y luego planto mis labios en los suyos, y ella hace una más. El mundo desaparece momentáneamente a nuestro alrededor mientras la atraigo hacia mí. Su cuerpo es cálido y se derrite en mi abrazo.

—¿Quieres que nos vayamos de aquí? —pregunto, separándome del beso lo suficiente para hablar.

Hannah asiente, y le tomo la mano, guiándola hacia la entrada principal. Saca sus llaves, con las manos temblorosas.

—Nunca he hecho esto antes.

La expresión de mi cara debe delatar mi sorpresa. ¿Es virgen?

—Me refiero a irme a casa con un desconocido.

Camino con ella hacia afuera en el frío. La

primavera está a punto de llegar, pero aún no se siente cálido.

—No somos completamente desconocidos. Sabes mi nombre. —Tiene razón, sin embargo, no sabemos nada más el uno del otro. Bueno, sé que es buena en el billar, y si alguna vez jugamos en equipos, la quiero en el mío.

Hannah está nerviosa, y yo soy la razón de su nerviosismo.

—No tenemos que hacer esto —digo, posando mis manos sobre las suyas—. Podemos simplemente dar por terminada la noche. Disfrutar del momento que hemos compartido.

Ella gime en voz baja.

—Quiero esto. Solo estoy estúpidamente nerviosa.

—¿Estúpidamente nerviosa? —pregunto, ampliando la sonrisa en mi rostro—. Esa es nueva. —No he oído a nadie usar esa terminología antes. Aunque, a decir verdad, los miembros de la bratva nunca admitirían estar nerviosos, y son prácticamente las únicas personas con las que me relaciono.

Hannah es un agradable cambio de ritmo, aunque sea solo por una noche.

Hay una inocencia en ella. Una dulce perfección que una vez destrozada nunca podrá volver a estar completa.

Cuando hayamos terminado, nunca será la misma.

La arruinaré de la mejor manera posible.

CAPÍTULO DOS

HANNAH

Tres años después...

—Toda esta planificación de la boda es agotadora. Tienes suerte de no estar casada —digo mientras me cambio el uniforme.

Es viernes, y debería estar disfrutando de la llegada del fin de semana, pero tengo que trabajar mañana. La jornada laboral ha terminado y no estoy lista para ir a casa y enfrentarme a Mark o a mi pequeña, Bay.

Madisyn me lanza una mirada penetrante.

—Se supone que planificar tu boda debe ser divertido.

—Pues no lo es. Mark no quiere involucrarse en nada. Me está dejando todo a mí, lo cual es bueno porque no discutimos, pero también lo encuentro estresante. A veces sería agradable que alguien más tuviera una opinión sobre algo relacionado con la boda, aparte de mí.

—Puedo ayudarte, no es que haya planeado una boda antes, pero seguro que puedo examinar a tus proveedores para el gran día —dice Madisyn.

Me río por lo bajo.

—¿Qué vas a hacer, investigarles los antecedentes? Eso suena un poco drástico, Madisyn, incluso para ti.

—Me refería a mirar sus clientes anteriores y las reseñas de sus servicios. O simplemente podría acompañarte —dice Madisyn—. Prometo que solo ofreceré consejos si los necesitas.

—¿Estás tan desesperada por alejarte de tu novio con el que acabas de mudarte... cómo se llama? —pregunto.

—Mikhail —dice, y sus mejillas se enrojecen—. Y no, te estoy ofreciendo ayuda porque realmente quiero estar ahí para ti. Has sido una buena amiga conmigo, y quiero devolverte el favor.

—Eso es muy dulce. Pero si quieres estar ahí para mí, ¿qué tal si me cuentas dónde desapareciste los últimos dos meses? —Tengo curiosidad por saber por qué, de repente, estuvo ausente del trabajo. No parece enferma ni afligida, pero ¿quizá atendió a un cliente privado a petición del conserje? Nadie en el trabajo sabía dónde había desaparecido durante las últimas semanas.

Pero conservó su trabajo y, que yo sepa, no fue amonestada. No puedo evitar preguntarme en qué se habrá metido.

—No me creerías si te lo contara —dice Madisyn.

—Ponme a prueba. —Cruzo los brazos sobre el pecho. Si somos amigas, ¿no merezco la verdad?

—Antes trabajaba para el FBI. Este trabajo era solo una tapadera.

No puede hablar en serio.

Madisyn no esboza ni una sonrisa, pero esa parece la excusa más absurda que he escuchado jamás. ¡Ni siquiera tiene sentido!

—Vale, no me digas la verdad. —Me pongo las botas negras de invierno, atándolas con fuerza. No tiene sentido permanecer enfadada con ella más de treinta segundos. Sus asuntos son completamente suyos. Si no quiere contármelo, debería respetar su privacidad—. Deberíamos tomar algo después del trabajo. Me muero por ir a bailar y tener una noche libre. Mark me va a dejar tener una noche de chicas. Así que tienes que venir.

Necesito una noche para relajarme, y Madisyn es la persona perfecta para conquistar el mundo a mi lado. Además, Bay ha estado despertándose todas las noches con pesadillas, y necesito unas horas para mí o al menos un tiempo para desconectar con mi nueva mejor amiga y relajarme.

Rápidamente, ella se cambia el uniforme y me hace una docena de preguntas, como si voy a dejarle a él que cuide de mi hija, Bay.

Por supuesto, ¿quién más iba a cuidarla? Él va a ser su padre. Y aunque no esté super emocionado con el tema de los pañales, es un adulto responsable.

Además, no podemos llevar a Bay a un bar o una discoteca.

Cojo mi teléfono de la taquilla. No puedo evitar presumir de mi niña, de lo mucho que ha crecido y lo adorable que es. La pequeña es el único logro del que estoy realmente orgullosa, criarla y hacerlo por mi cuenta.

Madisyn se pone los zapatos y agarra mi teléfono, navegando por mis fotos.

—Más te vale no tener *nudes* aquí —me advierte.

¿*Nudes*? Mark no se quitaría la camisa para una foto ni muerto, y mucho menos desnudo. Tiene un cuerpo estupendo, pero tiene más complejos que un negocio hotelero.

—No hay nada que no hayas visto antes, y no, Mark es un poco mojigato. —He intentado sugerir que nos hiciéramos algunas fotos atrevidas y probáramos algunos juguetes en la habitación, pero siempre se opone a todo lo que se me ocurre. Se pide el mismo helado de vainilla cada vez que va a la heladería.

Estoy intentando ser sutil. Es como el eufemismo del siglo.

—Qué pena —dice Madisyn y jadea. Deja caer mi teléfono contra el banco, y golpea el suelo con un ruido sordo.

Acabo de comprar ese teléfono hace un mes. Le doy un puñetazo en el brazo. ¿Podría ser más descuidada?

—¡Madisyn! Si rompes mi teléfono, vas a pagar para reemplazarlo.

Madisyn hace una mueca y se agacha para recoger el teléfono. Le da la vuelta y lo examina.

—¿Quién es este tío?

Se me corta la respiración cuando muestra el selfie de mi aventura de una noche. Luka y yo nos hicimos una foto juntos antes de ir a mi casa.

Exhalando un suspiro nervioso, recupero el teléfono.

—El padre de Bay. Mi ardiente rollo de una noche. Debería borrar esa foto, pero pensé que Bay querría verla algún día.

—¿Y no está en la vida de Bay? ¿Por qué? —Madisyn no evita las preguntas difíciles.

Me paso la mano por el pelo. Tengo el estómago lleno de mariposas. Solo hablar de él me pone nerviosa. También hay ira que burbujea bajo la superficie porque me mintió y yo me lo creí.

—El capullo me mintió, me dijo que trabajaba en el bar. Ni siquiera sé si Luka es su verdadero nombre. Es mejor así —digo, queriendo cambiar de tema. Me voy a casar en pocos meses, y Luka siempre será solo un recuerdo lejano del pasado.

Madisyn se aclara la garganta.

—Le conozco, Hannah. Trabaja con Mikhail. Su nombre es Luka Ivanov.

Se me corta la respiración y me desplomo en el banco, necesitando un minuto para sentarme.

—¿Desde cuándo? —susurro con voz ronca. El sudor me perla la frente y bajo la cabeza hacia delante, intentando exhalar por la boca mientras mi estómago se revuelve.

Ella se sienta a mi lado, con una mano en mi espalda.

—Unos pocos meses. No tenía ni idea; ¿qué quieres que haga? —pregunta Madisyn.

—Voy a vomitar. —Esta noche se suponí que debía ser divertida, una noche de chicas fuera de casa.

—Respira —dice, tranquilizándome con

respiraciones profundas—. Concéntrate en respirar por la nariz y exhalar por la boca.

—No está funcionando. —Estoy temblando. Todo mi cuerpo está lleno de una plétora de energía que no puedo liberar.

Adrenalina.

—Mírame, Hannah. —Su voz es fuerte y firme, y aunque mi visión vacila, ella es mi roca.

La miro y mi respiración se calma un poco.

—Bien —dice—. Ahora exhala.

Libero un suspiro pesado y paso mis manos por mi pelo. Ya estoy menos dispersa y más centrada.

—¿Tienes ataques de pánico a menudo? —pregunta Madisyn.

—Eso no era... —Su mirada de desaprobación me obliga a cerrar la boca— No —digo. No lo habría clasificado como un ataque de pánico, pero fue algo que no quería experimentar de nuevo—. Lo siento.

—No necesitas disculparte —dice Madisyn. Agarra su bolso y su teléfono—. ¿Qué tal si nos vemos abajo en diez minutos? Quiero llamar a casa y avisar a Mikhail que llegaré tarde.

—Vale. ¿Podrías no mencionarle nada sobre Luka?

Una amplia sonrisa se extiende por su rostro.

—Iba a empezar con eso. ¿Quieres decir que no debería?

Dios, qué descarada. Aprieto los labios.

—Sé que estás bromeando.

—Tranquila. No le diré nada a Mikhail sobre que Luka es el padre de tu bebé.

Hago una mueca por su elección de palabras.

—¿Podemos no hacer eso? Por favor. —Me levanto y cojo mi bolso, metiendo el teléfono de nuevo dentro —. Aunque eventualmente necesite hablar con Luka, no lo llamemos el padre de mi bebé. ¿Vale?

—¿Quieres que le invite a salir esta noche? —pregunta Madisyn.

—¿A una noche de chicas? —Mi voz se quiebra en mi garganta.

Es la peor idea. No estoy lista para verlo después de tres años. No llevo ropa decente ni tengo el pelo y el maquillaje arreglados. No es que debiera importar. Estoy comprometida, pero aún quiero verme presentable. Vale, no se lo diría a Madisyn, pero quiero verme espectacular cuando me encuentre con Luka. Madisyn se dirige a la puerta.

—Pensándolo bien, preferiría ser una mosca en la pared, no una espectadora en la mesa. Las cosas podrían ponerse tensas.

Mi mandíbula cae y me atraganto con sus palabras. No hay posibilidad de que Madisyn se una a nosotros cuando le dé la noticia a Luka de que nuestro pequeño encuentro terminó con una niña de ocho libras nueve meses después.

—Sí, no estás invitada cuando le diga a Luka que es el padre de Bay.

—Me parece justo —dice Madisyn, levantando las manos en señal de rendición burlona. No suena ofendida en absoluto, y no pretendo insultarla, pero no es una conversación para tener frente a tus amigos.

—¿Diez minutos?

—Sí —digo, y ella sale con el teléfono en mano. Supongo que va a hablar con su novio.

Me paso un peine por el pelo y añado un poco de pintalabios antes de bajar. Madisyn debería estar lista a estas alturas. Miro mi teléfono. No hay llamadas perdidas. Ni mensajes de Mark. No es el tipo de novio que comprueba o me envía mensajes durante el día. Lo atribuyo al hecho de que sabe que estoy ocupada y no tengo tiempo para charlas.

Marco su número de móvil, y tarda tres tonos en contestar.

—¿Va todo bien? —pregunta.

—Sí, solo quería saludar.

—Estoy algo ocupado ahora —dice Mark—. Bay todavía está en el cole. Pasaré a recogerla de camino a casa. No lo he olvidado.

—Vale, gracias. —Siempre me siento como una molestia cuando llamo.

Termina la llamada sin siquiera despedirse.

—Sí, yo también te quiero —murmuro para mí misma.

Intento ser comprensiva. Reconozco que está muy ocupado, que esta es la época del año más ajetreada para su trabajo. Aún así, apesta sentirse como un pensamiento secundario, si es que llego a tanto. Quizás tercero.

Probablemente solo estoy hormonal y necesito una noche lejos de Mark para divertirme, relajarme y desconectar.

CAPÍTULO TRES

LUKA

—¿Alguna posibilidad de que pueda convencerte para salir esta noche? —pregunto, asomando la cabeza en la oficina de Mikhail—. Madisyn no me va a dejar ir a recorrer la ciudad contigo —dice Mikhail —. Pero acaba de llamar y tendrá una noche de chicas con una amiga del trabajo. Quiero que seas su acompañante.

—¿Acompañante?

No es lo que tenía en mente para esta noche, hacer de niñera de su novia y asegurarme de que no se meta en problemas.

—¿No confías en Madisyn? —entro más en la oficina y cierro la puerta tras de mí. Aunque ella no está en casa para escuchar nuestra conversación, no quiero que otros hombres empiecen a hablar. Así es como se extienden los rumores.

La mirada oscura de Mikhail se endurece.

—Está embarazada, y con el cártel por ahí, y la mafia, me sentiría mejor si tiene un guardaespaldas. Además, hay suficientes tipos raros ahí fuera por los que preocuparse que no están intentando llegar hasta mí. Necesito saber que está a salvo.

—Señor, no creo que ella aprecie que nos presentemos en su noche de chicas.

¿Es que no entiende el concepto de una noche de chicas?

Madisyn quiere que la dejen en paz, y él no tiene que preocuparse por su lealtad. La chica está fascinada con él. No hay posibilidad de que se desvíe.

—No dije nosotros. Dije tú.

Refunfuño por lo bajo «Genial», con suerte, no me tirará una bebida a la cara, pero Madisyn puede ser un poco impulsiva y no se tomará a la ligera que tenga órdenes de vigilarla en el bar.

—Me aseguraré de que solo pida bebidas sin alcohol, señor —miro mi reloj—. ¿Sabe a qué bar va a ir? —Sería más fácil saber adónde tengo que ir para vigilarla.

Mikhail mira su teléfono y me envía la dirección por mensaje.

—Llévate a Nikita si quieres parecer discreto.

—Madisyn no es estúpida, señor. Sabrá que estamos allí para vigilarla. Es mejor que vaya solo.

—Como quieras, solo asegúrate de que regrese a casa sana y salva.

Me siento en un reservado cerca de la parte trasera del bar, con la espalda apoyada contra la pared, mi mirada dirigida hacia la puerta. Estoy observando y esperando a que aparezca Madisyn.

Tengo la intención de mantenerme al margen, dejar que la chica se divierta, y si surge algún problema, estaré a mano para ayudar.

Madisyn entra al bar, se empuja las gafas de sol enormes sobre la cabeza y se dirige hacia la barra.

—Hannah —susurro, reconociendo a la chica que entra detrás de Madisyn. Me ha revuelto el estómago. La chica no parece ni un día mayor que la última vez que la vi. Vale, no lleva ese vestido rojo dinamita, pero sigue estando sexy con esos vaqueros ajustados y un jersey azul claro.

Madisyn se inclina hacia delante para llamar la atención del camarero y hace un pedido. Atravieso el bar con paso firme, incapaz de apartar la mirada de Hannah.

La última vez que la vi, estábamos destrozando su sala de estar en un frenesí de pasión.

Tropezamos a través de su puerta principal, y la cierro de una patada. La hago girar, nuestros labios fundidos mientras la aprisionó contra la superficie de madera.

Ella tiembla y gime mientras beso un camino por su cuello.

Sus dedos están enredados en mi pelo, atrayéndome más cerca antes de que tome el control, empujándome hacia atrás, sus labios mordisqueando los míos.

Una sonrisa irónica se extiende por mi rostro. Sus manos arrancan los botones de mi camisa, liberando el material.

No pensé que lo tenía dentro, mi pequeña buscapleitos.

Mira fijamente mi pecho, sus manos recorriendo mi piel, lenta y atentamente.

La levanto del suelo con facilidad, acorralándola contra la pared. Torpemente, nos movemos de una pared a otra. Un marco de fotos cae al suelo. El marco se astilla mientras forcejeamos sin rumbo, incapaces de separarnos ni un instante.

Ella responde a mi rudeza y no teme mi fuerza.

Su respiración es profunda y áspera, y mi polla se contrae deseando sentir sus labios alrededor del miembro.

Aparto el recuerdo distante. Excitarme no va a ayudar esta noche. Ella está prohibida si es amiga de Madisyn. Además, tengo una regla de no acostarme con la misma chica dos veces.

Lo último que quiero es acabar atado.

Pero, ¿por qué estoy cruzando el bar para asegurarme de que me note?

Quiero ser visto. Quiero que me recuerde porque fui el mejor que ha tenido jamás. Debería quedarme sentado, escondido al fondo, y evitar que Madisyn se enfurezca conmigo.

Pero no puedo hacer eso.

Mientras que de la mayoría de las chicas no recuerdo sus nombres después de unos meses, Hannah es diferente. Todavía recuerdo su apartamento y el aroma a canela y especias que me recibió en la puerta. El sabor a fresas en sus labios y la sensación de su estrechez envolviendo mi polla, pulsando mientras gemía.

Hicimos un desastre de ese lugar, destruimos sus muebles, rompimos su cama y colapsamos la mesita de madera. Todavía me hace sonreír, la pasión que se volvió abrasadora. Incluso nos llamaron a la policía dos veces por quejas de ruido.

Sus mejillas se encienden.

Oh sí, ella me recuerda.

CAPÍTULO CUATRO

HANNAH

¿Qué hace Luka aquí?

—¿Le contaste a tu novio? —no puedo evitar acusar a Madisyn. ¿Por qué otro motivo aparecería Luka en el bar y se dirigiría hacia nosotras?

¡No debería haberle confiado mi secreto!

—Solo que iba a tomar algo con una amiga. —Se gira sobre los talones y le da un golpecito en el pecho a Luka cuando se acerca.

—¿Qué demonios estás haciendo? ¿Te envió Mikhail? —Madisyn está furiosa—. ¿Acaso no confía en mí? ¿Es por eso que nos estás espiando?

Luka se aclara la garganta y me fuerza una sonrisa antes de volver su atención a Madisyn.

—Baja un poco el tono.

—Lo haría si no te comportaras como un bárbaro —dice Madisyn.

—¿Qué he hecho para ofenderte? —pregunta Luka. Está tranquilo, increíblemente sereno para estar tratando con Madisyn, quien está a punto de darle una paliza. Pero él es más alto que ella y mucho más musculoso. No le resultaría difícil someterla si quisiera.

—¡Aparte de aparecer sin invitación!

Con su físico y su rudeza, podría ser guardaespaldas de celebridades o multimillonarios. No sé a qué se dedica. No es algo que hayamos hablado la última vez que le vi. Estábamos demasiado ocupados arrancándonos la ropa mutuamente.

—Estás montando una escena —advierte Luka. Su tono es amenazador, desaprobando su comportamiento. Pero no ha puesto un dedo sobre ella. Levanta el brazo, haciendo señas al camarero. Este había comenzado a acercarse antes, pero tras una mirada al acalorado intercambio entre ellos, desapareció como si fuera una discusión de enamorados.

Afortunadamente, no lo era. Por lo que sé, Luka y Madisyn no son pareja. Ella está felizmente saliendo con Mikhail.

Pero no conozco muy bien la situación de Luka. Nunca le pregunté a Madisyn si estaba con alguien. No debería importar. Estoy prometida. Se supone que debería estar felizmente planeando mi boda. He estado organizando la boda, pero la parte de la felicidad es discutible a veces.

Seguro que solo son mis nervios, miedo al compromiso, y Luka Ivanov, el padre de mi hija, está mirándome.

—¿Qué quieres? —pregunta Luka.

—¿Disculpa? —Me sorprende su pregunta.

Luka señala al camarero que espera para tomar nuestros pedidos.

—¿Qué bebes? Invito yo —dice, ofreciéndose a pagar la cuenta, al menos esta ronda.

—Por supuesto que invitas tú —dice Madisyn.

Su mirada se contrae y mete la mano en el bolsillo trasero, sacando su cartera. Abre la billetera negra y coge su tarjeta de crédito, deslizándola por la barra para pagar nuestras bebidas.

—Tomaré un Fuzzy Navel —digo, dándole mi pedido al camarero.

—¿Algo para ti? —pregunta el camarero a Madisyn.

—Ginger ale —dice Madisyn y se escabulle del alcance de Luka.

—¿A dónde vas? —pregunta Luka.

Madisyn gime y levanta las manos al aire.

—¡Al baño! —Se marcha enfurecida hacia el fondo del bar, y él se aparta de la barra.

—Dale espacio a la chica y algo de privacidad —digo.

Exhala un suspiro profundo y se apoya de nuevo contra la barra.

Me siento en el taburete, nuestras rodillas rozándose.

—¿Cómo has estado? —pregunto, intentando mantener la calma. Es decir, ¿qué demonios se supone que debo hacer? No sé nada sobre él, y no estoy segura de cómo soltar la bomba de: *eres padre*.

En cuanto el camarero regresa con mi bebida, la sorbo apresuradamente, usándola como distracción temporal.

—He estado bien —dice Luka. No es un hombre que sonría mucho, pero las comisuras de sus labios se curvan hacia arriba—. ¿Y tú? No sabía que tú y Madisyn erais amigas.

—Compañeras de trabajo —digo. Sin embargo, me gustaría pensar que nos estamos haciendo amigas —. ¿Qué haces aquí? ¿Es porque su novio está celoso y no soporta la idea de que ella se divierta sin él?

—Me envió para vigilarla y asegurarme de que no hiciera ninguna estupidez.

—Ella no va a hacer ninguna estupidez. Tú eres el que está siendo estúpido.

Se ríe de mi comentario.

No se supone que sea gracioso, pero estoy defendiendo a mi amiga, aunque suene infantil en mi reproche.

—Relájate. No vine aquí para meterme en un combate de boxeo. Estoy aquí como vuestro conductor designado.

Aprieto los labios.

—El metro está a solo unas manzanas de aquí. También hay taxis. Y no necesito un conductor designado, y por lo que parece, Madisyn no está pidiendo alcohol. Puedes irte a casa.

¿Cree que no podemos cuidarnos solas? Llevo cuidándome a mí misma desde que tengo memoria y cuidando de mi hija sin la ayuda de nadie.

Levanta las manos.

—No busco empezar una pelea —dice Luka.

—Es un poco tarde para eso —murmuro.

Aparta la mirada, evitando el contacto visual. Su atención está en el pasillo trasero, donde Madisyn desapareció hace unos minutos para ir al baño.

¿Está fascinado con Madisyn?

—¿Te gusta ella? Porque está saliendo con alguien —digo. Me termino el resto de mi bebida y hago un gesto al camarero para que me traiga otra. Si voy a tener que lidiar con Luka, necesitaré bastantes más de estas. Mejor aún si es a su cuenta.

—Está saliendo con mi jefe, y no, no tengo *nada* con nadie.

Tengo la boca seca, y me lamo los labios, desviando la mirada.

—Vale —digo y exhalo un suave soplo de aire—. Estás gruñón. Alguien se ha perdido su siesta de la tarde.

—Yo no duermo la siesta.

Bueno, tal vez debería. Funciona con Bay cuando está de mal humor.

Madisyn sale del baño con paso firme, con la cabeza alta mientras pasa junto a Luka y agarra el taburete del bar, dejándose caer a mi lado.

—¿Me echaste de menos? —Su atención está completamente en mí, y ni siquiera ha fingido mirar hacia Luka, a pesar de que está revoloteando justo a mi lado.

Lo está ignorando.

¿Funcionará eso?

—No te lo imaginas —digo. La próxima vez que vaya al baño, iremos juntas.

Luka capta la indirecta y se aparta de nuestro camino.

—Estaré por allí si necesitáis algo, chicas —dice y señala hacia la esquina del bar.

—No lo haremos —digo y suspiro aliviada cuando se dirige a su asiento en la parte trasera del bar, a una mesa él solo. Es un poco patético que esté atrapado aquí, vigilando a Madisyn.

Espero hasta que está fuera del alcance de nuestras voces.

—¿Qué demonios, Madisyn? ¿Por qué te está siguiendo?

Agarra su ginger ale y da un sorbo, evitando mi mirada ardiente.

—¿Y bien?

—Mikhail es un poco sobreprotector. Está preocupado porque estoy embarazada. Al menos creo que por eso envió a su guardaespaldas para vigilarnos.

—¿Estás embarazada? —chillo.

Sus ojos se abren de par en par, y me hace un gesto para que baje la voz.

—Sí, pero no se lo he dicho a nadie. Al menos no en el trabajo. Tienes que mantenerlo en secreto.

¿A quién se lo voy a contar?

—Por supuesto. Lo prometo —digo, ofreciéndole mi meñique.

Se ríe, mirando mi gesto con la mano antes de entrelazar sus meñiques con el mío.

—Me siento como si estuviera otra vez en tercero. ¿Hablaste con Luka sobre Bay?

—Así que sí te acuerdas de su nombre. —Me río y miro en dirección a Luka. Está sentado en la parte trasera, detrás de Madisyn. No es difícil mirarlo disimuladamente sin que él se dé cuenta—. No, no parecía el momento adecuado.

—Nunca va a ser el momento adecuado. Y te juro que no lo invité esta noche.

—Lo sé. Era obvio por la pelea entre vosotros dos

que no esperabas que estuviera aquí. ¿Estás enfadada con Mikhail por enviarlo?

—No estoy contenta con eso —dice Madisyn. Termina su ginger ale y hace un gesto al camarero para que se acerque—. Tomaré un Shirley Temple.

Sonríe y saluda con la mano a Luka.

¿Qué se trae entre manos?

El camarero pasa unos minutos preparando nuestras bebidas antes de deslizarlas por la barra.

—Gracias —digo, agarrando la mía, disfrutando del ligero mareo. Probablemente no debería haberme saltado el almuerzo.

CAPÍTULO CINCO

LUKA

¿No puede Madisyn mantenerse alejada de los problemas durante cinco minutos?

Exhalando un fuerte suspiro, me levanto y me acerco a las dos chicas. Debería mantenerme lejos de Hannah, pero no puedo. La verdad es que no quiero. Mikhail por fin ha sentado cabeza y es feliz.

Nunca pensé que querría ese tipo de vida, pero al verlos juntos, es difícil no sentir envidia.

Las luces están tenues en el bar y el ruido de la multitud aumenta. Me acerco sigilosamente al problemático dúo y alargo la mano hacia la bebida de Madisyn.

—¿Qué estás haciendo? —pregunta Hannah, deslizándose del taburete. Se coloca entre su amiga y yo, bloqueando a Madisyn.

Es probable que Hannah no sepa que Madisyn está embarazada. Y no me corresponde a mí decírselo.

Estiro el brazo alrededor de Hannah y agarro la bebida roja, olisqueando el líquido. Es difícil saber si contiene alcohol o no. Doy un sorbo.

Es dulce y no tiene nada de fuerte o amargo. No detecto ni rastro de alcohol.

—Es un Shirley Temple, imbécil —dice Madisyn y me da un golpe en el brazo—. Devuélveme mi bebida.

Le devuelvo el vaso y doy un paso atrás, apartándome.

Hannah cruza los brazos sobre el pecho.

—¿Vas a explicarte?

Genial, está defendiendo a Madisyn. Hago un gesto al camarero para que se acerque y pido un whisky. El vaso de Madisyn sigue lleno, y Hannah está sorbiendo su bebida afeminada.

Aquella noche está grabada en mi mente, y no puedo evitar fantasear con desnudar a Hannah y follarla.

¿Me causó tanta impresión? Me muevo incómodo ante ese pensamiento, y mi mirada vaga por su escote.

—No debe tomar alcohol —digo y encuentro su mirada—. Quería asegurarme de que el camarero no se hubiera equivocado con su pedido.

Hannah pone los ojos en blanco.

—No depende de ti lo que ella pida.

Aunque tiene razón, sí me corresponde proteger a Madisyn. Y si Hannah está con ella esta noche, entonces también es mi responsabilidad.

Madisyn sorbe su Shirley Temple y agarra la mano de Hannah, arrastrándola a la pista de baile. Yo mantengo el sitio de Hannah en la barra, vigilando sus bebidas para asegurarme de que nadie las manipule.

Las chicas bailan y ahuyentan a varios hombres que muestran interés por ellas. No les quito ojo para asegurarme de que nadie las molesta ni acosa mientras saboreo mi whisky y pido un segundo.

De vez en cuando, miro mi reloj y me siento aliviado cuando Madisyn se acerca para decirme que ha terminado y está lista para volver a casa. Esa es mi señal para llevarla de vuelta al complejo.

—¿Hannah tiene cómo volver a casa? —pregunto.

—Estoy aquí mismo —dice Hannah y me da un codazo en el costado, molesta porque le estaba preguntando a Madisyn en vez de dirigirme directamente a ella.

—Bueno, ¿tienes a alguien que te recoja? —pregunto. No me hace gracia que conduzca a casa. Ha tomado algunas copas, y la he visto intentar caminar desde la pista de baile hasta la barra. La chica no tiene el más mínimo equilibrio. Aunque podrían ser los tacones que lleva.

—No, tengo pensado conducir a casa. —Hannah se pone el abrigo y saca las llaves del coche de su bolsillo.

—Ni hablar. Te dejaré de camino. —Alargo la mano hacia sus llaves, y ella cierra el puño.

Madisyn se está abrochando el abrigo, observando nuestro intercambio sin intervenir. Hay un atisbo de sonrisa en sus labios, y no estoy seguro de qué le parece tan gracioso.

—No vas a conducir a casa —digo—. Deja que te lleve o te pediré un taxi.

Hannah emite un fuerte suspiro y se sube la cremallera del abrigo.

—Vale. Si quieres llevarme a casa, adelante. Vivo al otro lado de la ciudad.

—¿En el mismo sitio donde vivías hace unos años? —pregunto.

Sus mejillas se encienden y sus ojos se abren como platos.

—¡Luka! —gruñe y me golpea en el brazo.

—¿Qué he dicho? —pregunto. ¿Por qué son tan difíciles de interpretar las mujeres? ¿Qué he hecho?

La sonrisa de Madisyn solo se ha hecho más amplia. Agarra su bolso.

—¿Estáis listos los tortolitos?

Hannah me mira con el ceño fruncido, y yo cierro la cuenta y pago al camarero nuestras bebidas antes de acompañar a ambas señoritas fuera, hacia mi vehículo. Madisyn se sube al asiento trasero, dejando que Hannah se siente delante conmigo.

No estoy seguro de si debería agradecérselo o no.

Aunque no recuerdo la dirección exacta de su apartamento, sí conozco la zona general. No debería recordar con tanta facilidad dónde vive. Me he acostado con docenas de mujeres, y a la mayoría no las reconocería si me las cruzara por la calle, y mucho menos recordaría dónde residen.

Pero Hannah fue diferente.

No estoy seguro de por qué. Quizás fue porque me dio una paliza al billar. No la dejé ganar. Ni siquiera tuve oportunidad.

Desde el primer momento en que hablé con ella, era evidente que está fuera de mi alcance. Somos de mundos diferentes. Probablemente quiera hijos, una familia y una casa con valla blanca.

—Necesitaré tu dirección cuando estemos cerca —digo y me dirijo hacia la zona de su complejo de apartamentos.

—¿No te acuerdas? —bromea Hannah mientras coloca el cinturón de seguridad bajo y ajustado sobre su regazo, abrochándolo.

Salgo del aparcamiento del bar. Madisyn está impecablemente callada. La miro por el retrovisor y está mirando por la ventana lateral. Lo tomaré como una victoria. Hannah probablemente la agotó en la pista de baile.

Señala el edificio de ladrillo rojo cuando nos acercamos al complejo de apartamentos.

—Vivo ahí —dice. Aparco el SUV a un lado de la carretera y pongo el vehículo en estacionamiento.

Miro hacia atrás a Madisyn. Está jugando con su móvil en el asiento trasero.

—Acompañaré a Hannah dentro y me aseguraré de que llegue bien a casa. ¿Quieres sentarte delante?

—Vale —dice Madisyn. Se sube al asiento delantero, y dejo el vehículo en marcha para que se mantenga caliente. Cierra las puertas con seguro, y me apresuro a la entrada principal con Hannah, con mi mano en su espalda baja mientras la acompaño hasta la puerta y dentro del edificio.

—No tenías que acompañarme hasta casa —dice con una risa nerviosa.

—Es lo mínimo que puedo hacer después de esta noche. —No niego que fue un desastre. Verla de nuevo ha sido lo mejor de mi velada.

Una vez dentro del vestíbulo, Hannah pulsa el botón del ascensor. Mueve los pies y exhala un suspiro profundo.

—No tienes que acompañarme hasta la puerta de mi apartamento. Madisyn te está esperando —dice Hannah. Su voz es suave y tentativa. Se lame los labios, esos que saben notablemente a fresas. Quiero besarla, pero hemos estado batallando toda la noche.

No se siente correcto.

No soy el tipo de hombre que se aprovecha de una mujer. Y ella ha estado bebiendo.

—Está en un vehículo caliente. Las puertas están cerradas. Quiero asegurarme de que llegues a casa sana y salva —digo. Las puertas del ascensor se abren y entramos juntos. Ella pulsa el botón del tercer piso—. Escucha, lo siento por lo de esta noche.

—¿Por lo de esta noche? —Se ríe, y hay un filo en su tono. No está contenta. Está cabreada. Pero aún no estoy seguro de lo que hice—. ¿Qué hay de haberme mentido hace varios años? ¿Lo sientes por eso?

—¿Mentirte? —susurro, intentando recordar qué podría haber dicho que no fuera verdad y que la hubiera ofendido.

Expulsa un suspiro pesado y se aparta el pelo de su cara de un soplido. El ascensor suena y las puertas dobles se abren.

Un respiro.

Hannah sale disparada del ascensor y me lleva dos pasos de ventaja. Soy más alto, así que prácticamente corre hacia su puerta para dejarme atrás.

—Lo siento —digo. Aunque sinceramente, no sé muy bien por qué me estoy disculpando.

Se acerca al 3B, la puerta de su apartamento. Es de un rojo brillante, igual que el exterior del edificio. Todas las puertas están pintadas de un rojo ladrillo. No recuerdo el color, pero también la tuve atrapada entre la puerta y yo. Recuerdo que la mayor parte de aquella noche ella estaba desnuda, retorciéndose bajo mi cuerpo.

—Olvídalo —murmura entre dientes—. Es cosa del pasado. —Hurga en su bolsillo en busca de sus llaves y las mete en la puerta pero no gira la cerradura.

—Escucha, realmente siento si dije o hice algo en aquel entonces que te ofendiera. Me gustaría compensarte. Podríamos salir alguna vez, tomar algo.

La puerta principal se abre de golpe y un caballero con pelo castaño claro y gafas suspira aliviado.

—Oh, qué bien que estás en casa. Bay tiene fiebre y no sé qué hacer.

Él ni siquiera parece notar mi presencia. Probablemente sea lo mejor. No me presenté en su puerta para traer drama a su vida.

Hannah exhala un suspiro.

—Gracias por traerme —dice, mirándome.

—Oh, ¿viniste en un servicio de transporte? ¿Necesito pagarle? —Alcanza la cartera de su bolsillo trasero.

—Solo soy un amigo de Madisyn —digo y señalo hacia el ascensor—. Debería volver al vehículo. Ella está esperando dentro y estamos aparcados enfrente.

—Gracias por traerla.

No lo hice por él. Ni siquiera sabía que había un *él*.

¿Quién es?

¿Su novio? ¿Su marido?

¿Y quién demonios es Bay?

¿Hannah tiene un hijo?

CAPÍTULO SEIS

HANNAH

No era así como quería que Luka descubriera que tengo una hija, o más bien que tenemos un hijo juntos.

Aunque es poco probable que se dé cuenta de que Bay es su hija. Entro apresurada para atender a Bay mientras Mark cierra la puerta y la asegura.

Luka se ha ido.

Debería sentirme aliviada, pero no estoy nada contenta, salvo por el hecho de haberlo visto esta noche. Y es todo un cúmulo de emociones: desde la emoción hasta la ira recorren mi cuerpo cuando pienso en Luka Ivanov.

Bay ya está en mi cama, enterrada bajo una colcha. No parece tener fiebre, y cojo el termómetro para comprobar rápidamente su temperatura.

Sin fiebre.

Levanto a Bay en mis brazos y la coloco en su cama para pasar la noche antes de cerrar la puerta de su habitación.

—A Bay se le ha pasado la fiebre —digo. Lo que sea que Mark haya hecho debe haber ayudado —. Podrías haberme llamado. Habría vuelto antes a casa si hubiera sabido que estaba enferma.

—No quería molestarte —dice Mark y se deja caer en el sofá—. Le di un polo helado y un poco de Tylenol infantil. Parece que ha funcionado.

—Gracias —digo y me siento a su lado en el sofá.

Él alcanza el mando a distancia y enciende la televisión. Parece que soy lo último en lo que está pensando.

—¿Podemos hablar? —pregunto, subiendo las piernas al sofá. Cojo la manta azul y morada y la extiendo sobre mi regazo.

—¿Sobre qué? —Mark apenas me ha mirado, con su atención puesta en la pantalla.

—Luka —digo.

—¿Quién? —Mark me mira.

—El tipo que me ha traído a casa. —Es como una tirita que tengo que arrancar de golpe. Mark necesita saber que Luka podría acabar formando parte de nuestras vidas, de la vida de Bay.

Su ceño se frunce y sus hombros se tensan.

—¿Qué pasa con él?

¿Es celos lo que le ha entrado? Nunca he conocido a Mark celoso.

—Es el padre de Bay —digo.

Mark aparta la atención de la televisión y pausa la emisión en directo con el mando del DVR.

—No tiene gracia.

—No estoy bromeando.

Mark merece la verdad. Y Luka también. Solo necesito encontrar la fuerza para decirle a Luka que es el padre de Bay.

—¿Qué estás intentando decir, Hannah? Porque ese tipo, definitivamente no es tu tipo.

—Pues lo era cuando me lo llevé a casa hace tres años. —Hago una mueca por mis palabras. No pretendía que esto se convirtiera en una pelea. Es lo último que quiero. Mark es bueno conmigo. Es bueno para Bay, y es estable. Estará ahí para nosotras pase lo que pase.

—¿Sabe él que es el donante de esperma de Bay? —pregunta Mark.

La forma en que lo dice me hace sentir sucia y avergonzada de lo que ocurrió entre Luka y yo.

—Todavía no se lo he dicho. Pero tengo intención de hacerlo.

—No lo hagas. —Mark se levanta y camina de un lado a otro por el salón. El apartamento no es enorme. Tiene dos dormitorios y es el mismo hogar que he tenido desde que conseguí trabajo en Steele Concierge Medical. No está demasiado lejos del trabajo, y el edificio está bien mantenido. También puedo permitirme el alquiler, lo que no es fácil teniendo en cuenta el coste de vida en la ciudad.

—Se lo habría dicho antes si hubiera podido localizarlo —digo. Planto mis pies firmemente en el suelo, la manta cae al suelo, y ni me molesto en recogerla—. Merece saber la verdad, que tiene una hija.

—¡Ni siquiera conoces a ese tipo! ¡No sabes nada de él!

Hago una mueca y cruzo los brazos sobre el pecho.

—No es tu decisión. —Estoy tratando de hacer lo mejor para mi hija.

—¡Y una mierda que no lo es! —Mark se detiene y se gira para mirarme—. Te vas a casar conmigo. Bay será mi hija. Soy yo quien la está criando, ¡no ese... ese matón!

Me pellizco el puente de la nariz e intento respirar profundamente para calmarme. No quiero decir nada de lo que pueda arrepentirme.

—Hablaremos de esto mañana. Me voy a la cama. —Me levanto y paso junto a Mark, dirigiéndome al dormitorio.

Mark pisa fuerte, y juraría que está a punto de tener una rabieta.

—No he terminado de hablar.

¿Por qué es tan difícil? Nunca habíamos discutido por nada hasta hoy. Me paso la mano por el pelo y me giro para enfrentarme a él.

—Bien. ¿Y si la situación fuera al revés y tuvieras un hijo por ahí? ¿Me estás diciendo que no querrías saberlo?

No hay manera de que estuviera contento si se le mantuviera en la ignorancia.

—Si es lo mejor para mi hijo, sí.

Doy un paso hacia Mark.

—Si esto es sobre lo que es mejor para Bay, ¿no te parece que tener a su padre en su vida sería lo mejor?

Está furioso.

—No le des la vuelta a la tortilla, Hannah. Me tiene a mí. Soy el único padre que necesita. No un tirado que probablemente no puede mantener un trabajo.

¿Ha sacado todo eso con solo mirar a Luka?

—Estás haciendo muchas suposiciones.

—Y tú estás cometiendo el mayor error respecto a Bay.

Mis manos se cierran en puños. Qué cara tiene, pensar que sabe lo que es mejor.

—No me digas cómo criar a mi hija.

—Nuestra hija —me corrige Mark.

Me muerdo la lengua. No es *suya*, todavía no.

—No entiendo por qué lo quieres en nuestras vidas. Te complicará las cosas, Hannah. Podría pedir la custodia.

—No pienso discutir sobre esto —digo mientras me zafo de su agarre, dirigiéndome hacia el dormitorio.

—¡Hannah!

Me dirijo al dormitorio y cierro la puerta bruscamente antes de dejarme caer en el colchón. Por primera vez, echo de menos que este lugar fuera solo mío y tener una habitación en la que pudiera desaparecer y estar sola.

Mark no me sigue. Me alivia tener unos minutos de paz y tranquilidad. Me desvisto para acostarme y me cambio al pijama antes de meterme bajo las sábanas y apagar la luz del dormitorio.

Las lágrimas mojan mi almohada. Me limpio los restos, moviéndome contra el colchón, intentando calmar mi mente acelerada.

El sueño me elude, y me quedo sola, malhumorada y de mal humor. Mark nunca se ha comportado así antes. Nunca ha sido celoso. ¿Qué bicho le ha picado?

No funciono bien cuando me privan del sueño.

La puerta del dormitorio chirría al abrirse, y me giro boca arriba mientras la luz de la mañana se filtra por las persianas.

El olor a café llega hasta el dormitorio, despertándome aún más.

Me duele la cabeza y tengo el estómago revuelto.

Maravilloso.

—¿Viniste a la cama anoche? —pregunto.

Mark está en el baño, con la puerta abierta, cepillándose los dientes. Tengo que ir a trabajar en breve. Me obligo a salir de la cama, me dirijo al armario y cojo mi ropa.

Él escupe la pasta de dientes en el lavabo, hace gárgaras con un vasito de plástico lleno de agua y enjuaga el lavabo.

—Me quedé dormido en el sofá —dice, saliendo del baño.

Hay una pesadez en la habitación, una tensión que parece estirarse como una goma elástica. Eventualmente, se romperá. No recuerdo que Mark se haya quedado dormido alguna vez en el sofá.

—¿Estamos peleados? —No quiero estar peleada con él. Me gustaría que respetara mi decisión y pasara página de lo que ocurrió entre nosotros anoche.

—Bueno, depende. ¿Sigues planeando decirle a ese tipo que es el padre de Bay? —pregunta Mark. Cruza los brazos sobre el pecho, con los hombros tensos y las fosas nasales dilatadas.

—Estás enfadado.

—No estoy contento.

—Sí, bueno, yo tampoco estoy contenta contigo ahora mismo. —Paso junto a él y cierro de un portazo la puerta del baño a sus espaldas.

—¿Qué he hecho? —la respuesta amortiguada de Mark resuena a través de la puerta.

¿Estoy siendo poco razonable?

No estoy intentando ser mala, pero Luka tiene derecho a saber que tiene una hija. Me habría puesto en contacto con él antes si hubiera podido, pero el número de teléfono que dejó se había emborronado y destruido.

Mark solo está intentando cuidar de mí, de nosotros como familia, pero no puedo ignorar el pasado o el hecho de que el hombre haya reaparecido en nuestras vidas.

El momento es pésimo.

Me visto rápidamente, me cepillo los dientes y salgo apresuradamente del baño pasando junto a Mark. No parece haberse movido ni un centímetro desde que le cerré la puerta en las narices.

—Estás enfadada —dice Mark.

—¿Acabas de darte cuenta? No puedo hacer esto ahora mismo. Tengo que ir a trabajar. —Me dirijo apresuradamente fuera del dormitorio. La televisión está encendida en el salón con dibujos animados en la pantalla. Bay está sentada en el sofá, mi manta favorita enrollada a su alrededor.

—¡Mamá! —dice Bay cuando me mira.

—Buenos días —digo y me acerco para abrazar a mi rayito de sol. La aprieto un segundo más de lo habitual, y ella se retuerce para liberarse—. Tengo que ir a trabajar —digo y le doy un beso en la mejilla.

—La dejas aquí, conmigo —dice Mark.

Su tono sugiere que no está contento con que ella se quede atrás y yo me vaya a trabajar. Mi dolor de cabeza está creciendo por segundos.

—¿Quieres que me la lleve conmigo? —pregunto. Hay una guardería en el centro de conserjería para que la utilicen los miembros del personal. Ella asiste a la guardería durante la semana, pero algunos fines de semana me la llevo a la guardería, especialmente antes de conocer a Mark.

Quizás estoy poniendo demasiada responsabilidad sobre él con Bay.

Le doy un beso en la frente. No está lo más mínimamente caliente y tampoco tiene mocos. Tiene una taza a su lado y parece estar bien esta mañana. Si estuviera enferma en la guardería, incluso en el centro, exigiría que la enviaran a casa.

—No, solo quiero que dejes en paz a ese bruto. —Señala la puerta principal donde vio a Luka la noche anterior—. No lo quiero en nuestra vida.

No puedo lidiar con esto ahora mismo. Ya voy con retraso.

—Tengo que ir a trabajar —digo, dándole otro beso a Bay antes de coger las llaves y el bolso y salir disparada por la puerta.

—Tienes un aspecto horrible —dice Madisyn cuando casi choco con ella al correr hacia el ascensor.

—Me siento fatal.

—¿Demasiado alcohol? —Madisyn intenta adivinar el problema. Está muy lejos de acertar.

Estamos solas en el ascensor y agradezco el respiro de Mark. ¿Quién habría pensado que ir a trabajar sería más fácil que lidiar con un novio celoso?

Me recojo el pelo con una goma elástica que llevo en la muñeca.

—No, Mark está furioso por lo de Luka.

Ella hace una mueca.

—¿Por qué? —pregunta Madisyn.

—Luka me acompañó a casa —digo, omitiendo todos los detalles escabrosos, como el hecho de que conoció a Mark y se enteró de que tengo una hija.

El ascensor suena y las puertas dobles se abren. Madisyn sale y espera a que la acompañe. Ya está vestida con su uniforme y lleva su tarjeta de identificación en la camisa. Yo todavía tengo que cambiarme y ponerme mi ropa de trabajo.

Resulta que llego más tarde de lo que pensaba. Me dirijo por el pasillo y Madisyn me sigue como si no tuviera nada mejor que hacer. Lo dudo.

Probablemente solo quiere enterarse de todos los cotilleos.

—Luka estaba cien veces más gruñón después de dejarte. ¿Le contaste lo de Bay?

—¿Qué? No.

Me apresuro por el pasillo y entro para vestirme. Normalmente no vengo con el uniforme puesto. Además, siempre tengo un cambio extra de ropa a mano por si algún paciente me vomita encima. No sería la primera vez.

—Bueno, ¿qué pasó? —pregunta Madisyn. Me mira de arriba abajo—. Tienes un aspecto horrible, y él también lo tenía anoche.

—Nada. Quiero decir, debería haber sido nada. Solo me acompañó hasta mi puerta. No es para tanto, ¿verdad? Pues bien, Mark la abrió.

—Mierda —jadea Madisyn, y sus ojos se abren como platos—. ¿Luka intentó besarte?

Me río de su comentario.

—No, no fue nada de eso. Mark mencionó que Bay tenía fiebre y Luka lo oyó. Supongo que no estaba preparado para enterarse de que tengo una hija.

—¡O un prometido!

—Cierto. —Me muerdo el labio inferior mientras me desnudo y me cambio de ropa apresuradamente —. No estoy segura de cuánto tiempo más durará eso —murmuro.

—¿Qué? —Madisyn oye mi comentario.

Mierda.

—Mark no quiere que le diga a Luka que Bay es su hija. —Me pongo las zapatillas antes de atarme los cordones. Meto mi ropa limpia en la taquilla y la cierro, luego meto el teléfono en mi bolsillo.

—¿Por qué no? —Madisyn cruza los brazos sobre su pecho—. ¡Tienes que decírselo! Él es el padre, no Mark.

¿Acaso cree que no me doy cuenta de eso?

—Sí, así que discutimos anoche. Él durmió en el sofá.

—Vaya. —Madisyn hace una mueca—. ¿Hay algo que pueda hacer para ayudar?

Me muerdo el labio inferior y niego con la cabeza.

No se me ocurre nada que pueda arreglar esto, excepto ceder ante Mark, lo cual me niego a hacer.

Madisyn me da una palmada en la espalda.

—No te preocupes. Entrará en razón.

—¿Mark o Luka? —pregunto con una risa nerviosa. No estoy segura de que Mark vaya a entrar en razón. Es una de sus peculiaridades. Es terco hasta la médula.

—Mark. No tengo ninguna duda de que Luka será un gran padre.

Exhalo profundamente.

—Sí. ¿Cómo se supone que voy a decírselo a Luka cuando Mark va a montar un escándalo? Te juro que es como tener dos niños pequeños en casa.

Madisyn me da una sonrisa sincera y me coge las manos.

—¿Por qué no vienes después del trabajo esta noche? Podemos cenar y puedes pasar un rato con Luka.

—¿Nos estás preparando una cita? —Esta chica es diabólica.

Madisyn me aprieta las manos.

—Estoy intentando ayudar. Lo que decidas contarle depende totalmente de ti. Pero parece que no puedes reunirte con Luka en ningún sitio sin que Mark se enfade. ¿Estoy en lo cierto?

—Mark se enfadará si le cuento a Luka lo de Bay. No es por el hecho de reunirme con él. Está celoso, pero no es el tipo de celos que pensarías que tendría un hombre.

—¿Qué quieres decir? —pregunta Madisyn.

Me dirijo al pasillo, necesito empezar el día y revisar a mis pacientes.

—Mark piensa que Luka no es mi tipo. No son celos posesivos. Parece más temeroso de que Luka interfiera con la perfecta vida familiar que tenemos.

—Sigue siendo una forma de celos, y por Dios, Mark debería estar celoso de Luka. Es un bombón y un chico malo. Nunca supe que te gustaban los problemáticos.

Una leve sonrisa tira de las comisuras de mis labios.

—Sí, yo tampoco. Simplemente se fijó en mí en el bar hace unos años.

—No te juzgo. —Madisyn sonríe—. Quiero todos los detalles... más tarde. Tengo que empezar mis rondas.

—Esta noche. ¿Pero te importa si traigo a Bay? —No quiero abandonarla dos noches seguidas.

—Por supuesto que no. Te enviaré la dirección por mensaje.

Me siento aliviada cuando salgo del trabajo y paso la tarde con Madisyn. Probablemente debería querer irme a casa, pasar tiempo con Mark y hablar de nuestros problemas. Principalmente Luka. Pero todavía estoy molesta por el drama y los celos de Mark. Un poco de tiempo separados nos vendría bien. Le envío un mensaje diciéndole que cenaré en casa de Madisyn.

No me contesta.

Típico.

Entro en el apartamento, y él está sentado frente al televisor viendo un partido mientras Bay hace ruido con las ollas y sartenes en la cocina. Al menos el ruido parece venir de la cocina.

—¡Mamá! —Bay chilla y corre hacia mí, dejando caer las sartenes metálicas al suelo con un estruendo.

Hago una mueca por el ruido pero atraigo a mi pequeña favorita entre mis brazos para darle un abrazo y varios besos.

—Te he echado de menos —le digo.

—Echado de menos —dice ella y se aferra a mí como si su vida dependiera de ello. La levanto en mis brazos, y ella mantiene un fuerte agarre alrededor de mi cuello.

Me acerco decidida, intentando captar la atención de Mark. No quiero pelear con él. Le pregunto:

—¿Has recibido mi mensaje?

—Sí. Está bien —dice Mark. Su atención está en la televisión. Apenas me ha mirado.

—Me llevaré a Bay conmigo. Estás invitado a venir —le digo. Aunque Madisyn no le ha invitado a cenar, no me parece bien dejarlo plantado. Si acepta venir conmigo, llevaré un plato y le enviaré un mensaje a Madisyn de camino.

—¿Quién va a estar allí? —pregunta Mark, mirándome. Lleva un vaso de whisky a sus labios y da un trago.

Nunca había bebido alcohol mientras salíamos juntos.

—Madisyn y su novio, Mikhail.

—Mientras ese bárbaro no vaya, estoy bien aquí. Solo veré el partido. Divertíos.

—¿Te refieres a Luka? —pregunto—. Porque tiene nombre.

Me estoy cansando de sus celos y de sus jueguecitos.

—Sí, no quiero que lleves a Bay a verlo.

—No es tu decisión. Ella es mi hija, y él es su padre bioló...

—Donante —interrumpe Mark.

—Me voy —digo y me dirijo a la puerta. Dejo a Bay en el suelo para abrigarla con su abrigo morado, gorro y guantes. No quiero arriesgarme a que tenga frío fuera.

Mark se levanta.

—No has respondido a mi pregunta.

—No me he dado cuenta de que hayas hecho alguna. —Aseguro los dos guantes en las manos de Bay antes de coger mi abrigo del perchero.

Él cruza a zancadas el salón hacia la puerta.

—¿Va a estar Luka allí?

—Sinceramente, no lo sé. —Si Madisyn se sale con la suya, estará allí, pero podría tener planes y no presentarse, lo que me vendría bien. Ya he tenido suficiente drama para un día.

—No quiero que lleves a Bay contigo si Luka va a estar allí. —Empuja con la palma contra la puerta principal, bloqueándonos la salida.

—¿Hablas en serio? No voy a hacer esto contigo, Mark. —Me abrocho el abrigo y cojo mis llaves. Ha conseguido bloquear completamente la puerta principal, de espaldas a la entrada, con los brazos cruzados sobre el pecho—. Apártate. —No se mueve —. ¿Me estás tomando el pelo?

—Bay se queda aquí conmigo. Le gusta ver baloncesto. —Mira por encima de mí, comprobando las puntuaciones en la pantalla.

—¿En serio? La última vez que la vi estaba jugando sola en la cocina. —Levanto a Bay en mis brazos, protegiéndola. De ninguna manera voy a dejarla aquí esta noche con Mark. ¿Qué le pasa?—. Apártate de en medio —le digo.

—¿Por qué? ¿Para que puedas jugar a las casitas con tu nuevo novio? Él no te quiere, Hannah. No te querrá nunca, no como yo. Yo siempre estaré ahí para ti.

Me agarra del brazo, sus dedos clavándose en mi bíceps.

—No hagas esto —dice, con el aliento apestando a alcohol.

¿Cuánto ha bebido? Hago una mueca. Su agarre es fuerte y violento.

—Suéltame.

Su agarre no se afloja.

—¿Crees que te quiere a ti o que tiene algún interés en tu mocosa?

—No sabes lo que estás diciendo, Mark. Estás borracho. —Le doy un codazo en el estómago, obligándole a doblarse mientras me escabullo del apartamento con Bay en mis brazos. Me apresuro hacia el coche, abrochándola en el asiento trasero.

No dejo de mirar por encima del hombro, esperando ver si Mark nos sigue afuera. No es un hombre que deje las cosas pasar, y eso me preocupa casi tanto como sus celos.

CAPÍTULO SIETE

LUKA

Paso por la clínica Concierge y recojo a Madisyn del trabajo.

—¡Adivina qué! —chilla Madisyn mientras se sube al asiento del copiloto. Su entusiasmo me resulta nauseabundo.

Apenas pude dormir anoche después de enterarme de que Hannah tiene una familia. Según Madisyn, aún no está casada. Pero es como si lo estuviera, tiene una hija, y no voy a estropear su familia perfecta y feliz. No sé por qué la morena de ojos azules se me ha metido bajo la piel, pero no puedo dejar de pensar en ella.

—¿Qué? —gruño.

—He invitado a Hannah a cenar.

—¿Qué quieres decir con que has invitado a Hannah a cenar? ¿Se lo has preguntado a Mikhail?

—No tengo que pedir su permiso. No es mi guardián —dice Madisyn—. Además, no le importará.

Para ser una ex agente del FBI, Madisyn a veces puede tener la cabeza en las nubes.

—No le gusta invitar a extraños al complejo.

—No son extraños —dice—. Hannah es mi amiga, y solo vendrá ella y su hija.

—¿Bay? —pregunto, recordando el nombre de la niña de la noche anterior.

¿Debería traer a Bay si está enferma? ¿No mencionó ese idiota algo sobre que la niña tenía fiebre? No debería odiar al hombre con el que está Hannah. No es asunto mío con quién sale o comparte cama.

Madisyn asiente lentamente. Como si estuviera procesando algo en su cabeza, pero no puedo imaginar qué. A la chica le gusta hablar mucho.

—De todas formas, yo me ocuparé de Mikhail. Tú sé amable esta noche. ¿Vale?

—¿Cuándo no soy amable?

Se ríe de mi comentario. No pretendía ser gracioso, pero no soy precisamente la persona más amigable y abierta.

Madisyn frunce los labios, con las mejillas sonrosadas.

—Solo sé cordial. Y deberías unirte a nosotros para la cena.

¿Está loca?

—¿Esto es una encerrona? —pregunto.

—¿De qué hablas? —Madisyn se hace la inocente. No me parece que sea tonta, y no se metió en la vida de Mikhail por pura suerte. La chica es astuta como ella sola. Y aunque dejó la oficina para dedicarse a tiempo completo a sus responsabilidades en Steele Concierge Medical, no puedo evitar andar con cuidado.

Traicionó a Mikhail una vez. ¿Qué garantiza que no lo hará de nuevo?

—Hannah está con el tipo que conocí anoche. No sé qué crees que estás haciendo, Madisyn, pero para.

Hannah tiene su vida organizada. Tiene una hija, una familia, y no necesita que yo me entrometa en sus asuntos personales. Puedo fantasear con lo que hicimos, pero hasta ahí puede llegar. No voy a destrozar su familia o arruinar su vida por mis deseos egoístas. No soy tan cabrón.

—Aún no está casada con él —dice Madisyn.

No voy a romper su compromiso porque tuve un aventura con ella hace unos años.

—¿Estás loca?

—Vale, lo dejaré estar. Pero deberías unirte a nosotros para la cena. Mikhail apreciará tu compañía.

—Me gustaría hablar contigo en mi despacho —dice Mikhail.

Me dirijo al despacho y cierro la puerta tras de mí.

—¿Todo bien, jefe? —Tiene las manos entrelazadas frente a él. Su expresión es agria.

—Madisyn ha invitado a cenar a una de sus compañeras de la clínica.

Suena tan contento como yo me siento con el asunto.

—Nikita ya realizó una verificación de antecedentes de sus amigos y colegas cercanos.

—Sí, y estoy seguro de que todo irá bien, pero me gustaría que vigilaras a esta chica que viene a cenar. Si se levanta para ir al baño, quiero que la sigas. No necesito otra agente intentando colarse en mi casa.

Intento ocultar la sonrisa en mi cara.

—¿Hay algo gracioso, Luka?

—No, señor. —Sé que es mejor no cabrear al hombre. Me ha dado una gran responsabilidad y confía en mí. Lo último que quiero es joderlo todo por alguna chica.

—Madisyn mencionó que podría traer a su hija. Asegúrate de que bajen los juguetes del ático.

—Sí, señor. —Me sorprende que los juguetes de cuando sus sobrinos vivían con él sigan bajo su techo. Habría pensado que los habría quemado al igual que la relación con su hermana menor.

Y aunque Mikhail convirtió la sala de juegos en un espacio de trabajo adicional, nadie se ha atrevido a usar ese espacio.

—No pretendo que se queden mucho más allá de la cena, pero Madisyn insistirá en el postre, y es poco probable que una niña pequeña tenga paciencia para quedarse quieta durante varias horas —dice Mikhail.

—Me ocuparé de ello —digo antes de salir del despacho de Mikhail.

En menos de una hora, suena el timbre, y respondo ya que soy el más cercano a la puerta. Madisyn baja corriendo las escaleras cuando abro la puerta.

Efectivamente, Hannah ha traído a su hija. La niña podría ser una mini versión de Hannah, con el mismo pelo y los mismos ojos azul cielo.

—Mamá, tengo frío —anuncia la niña bastante alto mientras están en la puerta principal.

—Pasad —digo, olvidando mis modales. No estoy acostumbrado a que vengan invitados al complejo. Raramente tenemos visitantes que no sean miembros de la bratva.

Hannah ayuda a la niña a quitarse su abrigo morado, y me ofrezco a cogerlo, colgándolo en el armario del pasillo cercano. Ella desata las botas de la pequeña mientras la niña deja caer su gorro y guantes en el suelo. Me agacho para recoger los objetos justo cuando Hannah se agacha, chocándonos el uno con el otro.

—Lo siento —dice ella, rápida en disculparse mientras alcanza la ropa abandonada, metiendo los objetos en el bolsillo de su chaqueta.

—Ha sido culpa mía —digo. No estoy acostumbrado a disculparme. No es algo que hagamos en la bratva, mostrar cualquier debilidad.

Hannah se desabrocha el abrigo y se quita los zapatos, dejándolos junto a la puerta principal. Me sigue hasta el armario para colgar su chaqueta.

—No estaba segura de que vendrías a cenar —dice Hannah. Se muerde el labio inferior.

¿Está nerviosa? No puedo imaginar por qué lo estaría.

—¡Mamá! —La pequeñaja tira de la mano de su madre, intentando arrastrarla para que la siga. La niña no es tímida ni se pone nerviosa con los desconocidos, y menos aún en lugares nuevos.

—Bay, ven aquí. —Hannah se agacha y levanta a la pequeña tigresa en sus brazos, sin dejarla deambular libremente.

—Se parece mucho a ti —digo. El parecido es asombroso.

Bay se retuerce en los brazos de su madre, claramente queriendo que la baje.

Madisyn se acerca por detrás de mí.

—¿En serio? Yo diría que se parece a su padre.

Los ojos de Hannah se abren de par en par, y mira con dureza a Madisyn. No estoy seguro de qué está pasando, pero lo dejo pasar. No hay una razón lógica por la que no me caiga bien el tipo de ayer en el apartamento de Hannah.

Culpad a los celos, pero no quiero hablar de él con

Hannah ni con Madisyn, para el caso. Preferiría suponer que no existe. ¿No puede un tío fingir?

—Tienes una pinta horrible. ¿Qué ha pasado? —pregunta Madisyn, dirigiendo su pregunta a Hannah.

—No quiero hablar de ello —responde ella.

—Mark malo —proclama Bay, sin ser consciente en absoluto de que Hannah no quiere hablar del asunto.

Mis manos se cierran en puños a mis costados. Hay una mirada distante en los ojos de Hannah que debería haber notado antes. Los tiene hinchados y rojos.

—¿Cómo ha sido malo? —gruño. Lo mataré si le ha puesto un dedo encima a Hannah o a Bay.

—¿Puedo darte un abrazo de oso? —pregunta Madisyn, extendiendo los brazos hacia Bay.

La cara de la niña se ilumina y asiente vigorosamente mientras se retuerce y forcejea para liberarse de su madre. Hannah entrega a Bay a los brazos de Madisyn.

Madisyn se lleva a Bay, llevándola por el pasillo hacia la cocina.

Hannah aprieta los labios y frunce el ceño como si intentara no llorar.

—Nos peleamos.

No puedo evitar preocuparme y preguntarme si él ha herido a Hannah. Lleva un jersey de cuello alto que hace casi imposible ver cualquier parte de su piel.

No quiero sacar conclusiones precipitadas, pero todavía está visiblemente afectada por lo que sea que haya ocurrido.

Dejo que hable. Lo mejor que puedo hacer ahora es escucharla.

Hannah aparta la mirada, evitando mi mirada ardiente.

—Es una estupidez. —Es rápida en desestimar la discusión, o al menos, la conversación sobre cualquier pelea acalorada que haya ocurrido antes.

Quiero que confíe en mí, aunque solo sea para que esté más feliz y se sienta mejor.

—Nada de lo que digas es estúpido. —Me acerco y llevo mi mano a su barbilla.

Se queda inmóvil. Su cuerpo se tensa ante el gesto.

—¿Se puso violento contigo? —La ira aflora ante la idea de que haya hecho algo para lastimarla. La habitación está caliente y mi adrenalina se dispara —. ¿Fue violento?

Temo la respuesta que me dará. No tiene cicatrices visibles, pero los cortes más profundos bajo la superficie me preocupan igual, y no solo por Hannah, sino también por Bay.

Ella abre la boca, y su voz apenas supera un susurro. Como si tuviera miedo de decir las palabras en voz alta.

—No me dejaba marchar.

—Intimidación. —La acerco más, mis manos en sus brazos, examinando su rostro y lo que puedo ver de su cuello, buscando signos de abuso físico.

—No, es más que eso. —Hannah hace una mueca.

¿Se arrepiente de decirme la verdad?

—¿Qué tal si buscamos un lugar un poco más cómodo y privado para hablar? —sugiero mientras camino con ella por el pasillo en la dirección que Madisyn llevó a Bay. La conduzco al estudio. Está vacío, y enciendo la luz al entrar en la habitación.

Hannah me sigue de cerca.

Las risas emanan del comedor. Madisyn parece estar haciendo un trabajo decente entreteniendo a la pequeña tigresa, lo que debe tranquilizar a Hannah.

Sus hombros se relajan mientras se adentra en el estudio y toma asiento en el sofá.

Yo no me siento. Estoy demasiado inquieto y lleno de energía reprimida para relajarme en el sofá.

—Mark y yo tuvimos una pelea bastante fuerte anoche —dice Hannah. Tiene las manos entrelazadas frente a ella. Se muerde el labio inferior.

Dejo de caminar de un lado a otro y me quedo a unos metros de distancia, clavándole la mirada.

—¿Y? —Está omitiendo algo de su historia.

—Fue por ti —dice ella.

Doy un paso atrás, sorprendido por su comentario.

—Déjame adivinar, ¿está celoso y preocupado porque te llevé a casa? —Estoy intentando averiguar cuál podría ser el problema.

¿Cree que le está siendo infiel? ¿Es por eso que estaban peleando?

Incorporándose, hace un gesto para que vaya y me una a ella en el sofá.

Accedo y me siento a su lado, esperando a que elabore sobre lo que sucedió.

—Es sobre Bay —dice Hannah.

—¿Bay? ¿Qué tiene que ver tu hija con todo esto? ¿Se enfadó porque no llegaste a casa después del trabajo? —Estoy tratando de desentrañar lo que pasó anoche, y ella no me está dando exactamente toda la historia.

¿Por qué será?

¿Qué está ocultando?

Me siento en el sofá junto a ella, y ella busca mis manos.

—¡Mamá! ¡Mamá! ¡Mamá! —Bay entra corriendo en el estudio—. ¡Pipí! —chilla.

—¡Lo siento! —se disculpa Madisyn mientras persigue a Bay.

—Yo le enseñaré dónde está el baño —dice Madisyn —. Vamos. —Extiende su mano para que Bay la tome.

Bay no se mueve de su sitio justo delante de Hannah.

—Está bien. Me ocupo yo de ella. ¿Puedes indicarme dónde está? —dice Hannah mientras se levanta y agarra la mano de Bay.

—Sí. —Me pongo de pie y guío a Hannah y Bay hasta el pasillo. Giramos rápidamente a la derecha y el baño es la segunda puerta a la izquierda. Abro la puerta y enciendo la luz para Bay.

—Mamá —dice Bay, arrastrando a Hannah al baño con ella.

—Gracias —dice Hannah y cierra la puerta.

Echo un vistazo alrededor. El complejo está relativamente vacío para ser sábado por la noche. Nikita y Anton salieron a tomar unas copas. Eso significa que están persiguiendo a alguna mujer atractiva esta noche.

Estaría con ellos si Hannah no hubiera venido a cenar. Tal vez debería tomarme la noche libre y despejar mi mente. Seguro que ella terminará metiéndome en problemas.

—¿Ya tienes hambre? —Madisyn aparece sigilosamente por detrás.

No la oí venir. La chica es sigilosa.

Me doy la vuelta para mirarla pero ignoro su pregunta. No está preguntando por la comida. ¿Por qué piensa que pasará algo entre Hannah y yo? ¿A qué juego está jugando?

—¿Por qué no compruebas si la cena está lista y si nos esperan en el comedor? —le pregunto, intentando quitarme a Madisyn de encima.

Mikhail me ordenó vigilar a Hannah. Madisyn, sin embargo, es responsabilidad *suya*. Todavía no confío completamente en ella, dado que trabajaba para el FBI. ¿Quién dice que no nos traicionará?

Ha demostrado ser leal a Mikhail, lo que debería ser suficiente para mí. Pero tengo mis reservas, y me las guardo para mí mismo; no tiene sentido disgustar al pakhan.

—Puedo esperar a Hannah —dice Madisyn.

—Mikhail me ordenó que la vigilara. —Sus órdenes no son un secreto, no en términos de la seguridad y protección de sus hombres. Madisyn debería saberlo ya.

—Está bien —dice y suelta un profundo suspiro mientras cruza el pasillo arrastrando los pies hacia el comedor.

Hannah abre la puerta del baño, y Bay sale corriendo, pasando junto a mí.

—Lo siento —dice Hannah. Es rápida disculpándose mientras persigue a la niña y la recoge, evitando que corra descontrolada.

La llevo al comedor. Mikhail y Madisyn se están acomodando en la mesa, abriendo una botella de vino y sirviendo una copa para los adultos.

—Lo siento —se disculpa Hannah—. Bay no suele estar tan revoltosa.

Mikhail fuerza una sonrisa. Nunca fue particularmente cercano con su sobrina y sobrino cuando vivían bajo su techo. La mera idea de que críe a un niño, que se convierta en padre, no es algo que jamás pensé que presenciaría.

Y aunque todavía no lo he visto, Madisyn está embarazada. Con el tiempo, tendrá al niño, y solo puedo imaginar cómo manejará Mikhail la situación.

Me paso la mano por el pelo, sin querer detenerme en un recuerdo tenso en la compañía actual.

—Probablemente solo tiene hambre —digo y cojo un trozo de pan de la cesta sobre la mesa. El personal trae nuestras comidas, pero Bay no aguantará mucho más sin una rabieta—. ¿Puedo? —pregunto, consultando con Hannah antes de entregarle el panecillo a Bay.

Hannah asiente brevemente, y Bay agarra el panecillo como si su vida dependiera de ello. Parece que funciona mientras se concentra en comer.

—Siéntate —digo, ayudando a Bay a sentarse a la mesa, y Hannah toma asiento junto a ella. Estoy situado entre Hannah y Mikhail. Sin embargo, la mayor parte de la atención de Mikhail parece estar dirigida hacia Madisyn.

Mirando a Hannah, su mano se acerca a su copa de vino, su anillo de compromiso de diamantes brilla bajo la araña de luces. ¿Cómo no vi esa piedra anoche en el bar?

¿Lo llevaba puesto anoche?

No soy el único que se da cuenta.

—Madisyn me dice que te vas a casar —dice Mikhail—. ¿Habéis elegido ya un lugar para la ceremonia?

Alcanzo mi copa de vino, necesitando algo para evitar hacer una mueca. Sonrío, esperando que ella no vea a través de la farsa.

Frunce el ceño y aprieta los labios.

—Sinceramente, no lo sé.

Sirven la cena, y Hannah ayuda a Bay con su comida, cortándosela pero dejando que la pequeña tigresa se alimente sola.

Me aclaro la garganta, con la copa de vino en la mano, haciendo girar el líquido de color púrpura oscuro. Deberíamos alejar la conversación de su prometido y su próxima boda. Hannah no quiere hablar de ello, y no estoy seguro de querer escucharlo durante la cena. Probablemente perdería el apetito.

—¿Cuánto tiempo llevas trabajando en Steel Concierge Medical? —pregunto, mirando a Hannah.

Ella exhala un suave suspiro, y sus hombros se relajan.

—Llevo siete años con la empresa. ¿Y vosotros? Madisyn nunca me dijo a qué os dedicáis. —Hannah toma un pequeño bocado de la cena. Remueve la comida y mantiene una mirada vigilante sobre Bay.

Aunque Madisyn sabe que somos bratva, muy pocas personas ajenas a nuestra organización conocen nuestros negocios.

—Compramos y vendemos productos básicos —dice Mikhail, rápido en responder antes de que yo pueda hacerlo.

—Oh, ¿entonces sois como corredores de bolsa? —pregunta Hannah, prestándole toda su atención.

Madisyn da un gran mordisco a su pan y mira hacia otro lado, tratando de distraerse. Juraría que está intentando no reírse. Pero meterse más comida en la boca no parece la mejor idea.

¿Cómo demonios fue agente del FBI?

—Algo así —digo, mirando a Hannah.

La morena de ojos azules es inocente; no tiene ni idea de lo que hacemos, y es mejor así. Dudo que hubiera traído a Bay con ella si supiera que somos asesinos.

No somos asesinos a sangre fría. Todos los que he matado, lo hice justificadamente. Traicionaron a la familia.

CAPÍTULO OCHO

HANNAH

La cena va mejor de lo que esperaba, teniendo en cuenta que Bay quiere correr y explorar cada habitación de la mansión.

Mikhail se disculpa después de la cena y besa a Madisyn antes de salir disparado del comedor. Parece un hombre con una misión. ¿Trabaja a todas horas por la noche? ¿Es así como puede permitirse una casa tan lujosa?

—Vamos, hora de chicas —dice Madisyn.

Mi estómago está hecho un nudo. Seguro que querrá saber si le he contado a Luka lo de Bay.

No lo he hecho.

Él es demasiado cálido y amable. Me asusta cómo pueda reaccionar. No quiero que Mark tenga razón, que decirle a Luka sea un error, pero sus palabras siguen flotando en mi mente, repitiéndose como una película en bucle.

Sigo a Madisyn hasta el estudio, llevando a una inquieta Bay.

—Ha sido un placer verte —le digo a Luka.

Debería decirle la verdad. Merece escucharlo de mí.

—No creas que has terminado conmigo todavía.

¿Qué quiere decir? ¿Le ha contado Madisyn lo de Bay?

Me alegro de no haber comido mucho en la cena porque no podría retenerlo. Él desaparece por el pasillo, y yo entro en el estudio con Madisyn.

Ella enciende las luces y nos indica que nos sentemos en el sofá.

—Abajo —refunfuña Bay, retorciéndose para que la suelte.

Pongo sus pies en el suelo y ella corre hacia la ventana, mirando hacia la oscuridad de la noche. No hay mucho que ver, pero ha captado su atención, lo que es suficiente para mí.

Me dejo caer en el sofá, y Madisyn se une a mí.

—¿Se lo has dicho?

—Mark no quiere que diga nada. Tuvimos una fuerte discusión anoche, y no mejoró después del trabajo.

—¿Fue física? —pregunta Madisyn. Su expresión es sombría mientras me examina de arriba abajo.

—Agradezco tu preocupación, pero puedo manejar a Mark.

Luka se aclara la garganta mientras permanece en la puerta abierta, llevando una caja.

—He traído algunos juguetes del ático. A Bay podría gustarle jugar con ellos —dice Luka.

Los ojos de Bay se iluminan y sale disparada hacia Luka mientras él se inclina, poniendo la caja de cartón en el suelo.

Ella hunde sus pequeñas manos en la caja, sacando un coche de policía y un camión de bomberos de plástico.

—¿Qué se dice? —le pregunto a Bay.

—Gracias —responde Bay, apenas prestando atención a Luka, concentrada en los vehículos de plástico rodando por el suelo de madera.

—De nada —dice Luka y esboza una sonrisa torcida —. Os dejaré algo de privacidad —añade y sale del estudio, cerrando la puerta corrediza tras él.

Espero hasta que se ha ido y estoy segura de que no está al otro lado de la puerta escuchando. Aunque si lo estuviera, podría hacer más fácil decírselo.

—Mark está enfadado conmigo por venir esta noche, por que Luka esté aquí y por querer contarle la verdad.

Madisyn sube las piernas al sofá y se sienta frente a mí.

—No es decisión de Mark.

—Lo sé, pero vamos a casarnos. Lo último que quiero es estar peleando con él ahora. Seguro que está bajo mucha presión con la boda acercándose.

—¿La boda que te está dejando planear a ti sola? —La rubia aprieta los labios—. He intentado guardarme mi opinión, pero tal vez deberías reconsiderar pasar el resto de tu vida con él.

—¡Madisyn! —No puedo creer su sugerencia.

—¿Le quieres? —pregunta Madisyn, yendo directo al grano.

Le quería cuando me propuso matrimonio. Al menos, pensaba que era amor, pero cuanto más tiempo pasamos juntos, más siento que me estoy conformando.

Evito su pregunta, pero eso es una respuesta en sí misma.

—Si le digo la verdad a Luka, puede que Mark nunca me perdone.

—No puedes mantener esto en secreto. Tienes que decirle la verdad a Luka. —Los ojos de Madisyn se entrecierran mientras mira de mí a Bay—. Si no se lo dices tú, lo haré yo.

—Planeo decírselo. Solo que... no estoy segura de lo que pasará en casa.

—Tienes que hacer lo que sea mejor para Bay —dice Madisyn.

Tiene razón. Sé que tiene razón. Y me he convencido para contárselo a Luka, pero Mark ha conseguido hundirme y hacerme reconsiderar todo lo que creía saber y querer hacer.

—Yo cuidaré de Bay si quieres hablar con Luka.

Tengo la boca seca y la voz ronca.

—¿Ahora?

—No hay mejor momento que el presente —dice Madisyn. Sus ojos marrones brillan intensamente como si disfrutara de mi tormento—. Solo arráncalo como una tirita.

Exhalo un suspiro nervioso y me levanto.

—Sí, tienes razón. —Vine esta noche para hablar con Luka sobre Bay—. Mark va a estar furioso —murmuro.

—Que le den —dice Madisyn, escuchando mi comentario.

Fuerzo una sonrisa y me dirijo a la puerta. Bay ni siquiera parece darse cuenta de que me voy. Está fascinada con los nuevos juguetes que Luka le ha traído. Espero que no sea demasiado difícil para Madisyn.

Cuando abro la puerta corrediza, Luka está al otro lado del pasillo, con la espalda apoyada contra la pared, concentrado en su teléfono. Levanta la mirada en el momento en que abro la puerta y guarda el teléfono en el bolsillo.

—¿Necesitas algo? —pregunta Luka.

—De hecho, sí. Quería hablar contigo, a solas. —Jugueteo con mis manos, moviendo los dedos nerviosamente, incapaz de liberar la energía nerviosa acumulada en mi interior.

Luka mira más allá de mí hacia el estudio que ocupan Madisyn y Bay.

—¿Qué tal si buscamos un lugar privado? —sugiere. Me agarra suavemente del brazo y yo me estremezco.

No pretendo hacerlo, pero probablemente tenga un moratón dejado por Mark más temprano esta noche. No me dolía hasta que Luka lo tocó.

Su ceño se frunce, abre una puerta, enciende la luz y me indica que entre. Es un despacho con un escritorio de caoba oscura en el centro, archivadores negros contra la pared y una puerta de armario detrás del escritorio, con una cerradura en el exterior. Hay un sofá de cuero contra la pared.

Cierra la puerta tras de mí. No hay ventanas, y nadie puede escuchar nuestra conversación con la puerta cerrada.

Exhalo profundamente. Mi estómago retumba y no consigo calmar mis nervios.

—¿Es sobre Mark? —pregunta Luka. Su voz es amable y suave, tierna. Se acerca más, su mano se alza para colocar un mechón de pelo detrás de mi oreja.

—Es sobre Bay —digo.

Las comisuras de sus labios se fruncen.

—¿Está bien? —La preocupación impregna su tono mientras se apoya en el borde de su escritorio, soportando su peso—. Parecía que se estaba divirtiendo esta noche. ¿Está... indispuesta?

Suspiro aliviada. Por suerte, Bay está sana.

—Bay está bien. Es tu hija —suelto antes de poder contenerme. Había imaginado contarle cómo había intentado contactarle, encontrarle, seguirle la pista, pero no sabía dónde vivía, trabajaba, ni siquiera su apellido.

—¿Qué? —Los ojos de Luka se abren como si acabara de recibir una bofetada.

—Cuando nosotros... aquella noche hace varios años. Ella es el resultado —digo. No es muy elocuente, pero cumple su función.

—¿Y me lo dices ahora? —Se aleja del escritorio. El despacho es pequeño, pero consigue recorrer su longitud desde detrás del escritorio, manteniendo una distancia adecuada de mí. Luka se afloja primero la corbata.

El pequeño espacio es bastante sofocante. No es el único que se siente acalorado y atrapado.

—Volví al bar donde nos conocimos, donde pensé que trabajabas. Nadie sabía quién eras. Y el número de teléfono que dejaste en una servilleta se arruinó con un vaso de agua. —Ciertamente nunca pensé que necesitaría guardar su número o que nos volveríamos a ver.

Luka exhala bruscamente. Su expresión es sombría.

—¿Por qué ahora?

—¿Por qué no? —Le clavo la mirada—. Madisyn vio la foto en mi teléfono. Me dijo que te conocía, que trabajas para su novio. No esperaba que estuvieras en el bar anoche.

—Deberías habérmelo dicho ayer.

—No es una conversación que se pueda soltar así como así —digo.

Luka se pasa una mano por su corto pelo negro azabache.

—Supongo que nunca hay un buen momento para soltar esa bomba a alguien.

Se toma la noticia mejor de lo que esperaba.

Permanece en silencio, y puedo ver los engranajes funcionando en su cabeza. Se quita la chaqueta del traje y la cuelga sobre la silla de oficina. La calma que desprende se evapora rápidamente.

—Durante toda la cena, te sentaste ahí haciéndome creer que era hija de otro. —Su tono se eleva mientras habla.

—Te lo estoy diciendo ahora. —Retrocedo, chocando contra la puerta, con el pomo clavándose en mi espalda.

—¿Por qué? —La pregunta de Luka es áspera—. ¿Quieres dinero? ¿Es por eso que vienes a mí?

—¡Por supuesto que no! —Busco detrás de mí el pomo de la puerta y avanzo lo suficiente para abrirla y escabullirme—. Mark tenía razón. Esto era un error —murmuro, aunque no soy particularmente silenciosa con mi comentario.

—¡Vuelve aquí! —grita Luka.

No le hago caso. Ya es bastante malo tener que lidiar con las rabietas de Mark. No tengo por qué formar parte de los arrebatos de Luka también. Me apresuro por el pasillo y me deslizo en el estudio, levantando a Bay del suelo.

—¡Suelta! —Bay se retuerce y patalea, retorciéndose.

—Es hora de irnos —digo, llevándola al pasillo.

Madisyn salta del sofá.

—¿Qué ha pasado? —Me persigue mientras me dirijo hacia el vestíbulo para recoger nuestros abrigos.

—Necesito llegar a casa antes de convertirme en calabaza —digo. Saco las llaves de mi bolsillo y pulso el botón de arranque automático, dejando que el coche se caliente.

Madisyn viene justo detrás de mí. Coge las botas de Bay y la ayuda a ponérselas mientras abro el armario de los abrigos.

Luka está pisándome los talones.

—Tenemos que hablar —dice Luka, con la mandíbula tensa. Cruza los brazos sobre el pecho. Sus bíceps se tensan a través de su camisa blanca impecable.

Se ve bien sin la chaqueta del traje, y mi mente divaga hacia aquella noche, mi cuerpo envuelto alrededor del suyo, mi espalda contra la puerta, la nevera, en todos los sitios menos en la cama.

Ni siquiera debería estar pensando en sexo con Luka Ivanov.

Estoy comprometida.

—Tengo que irme a casa —digo y paso junto a él, cogiendo el abrigo de Bay. Me agacho y la ayudo a ponerse la chaqueta antes de coger la mía del perchero. Me pongo las botas, coloco el gorro de Bay sobre su cabeza y le pongo los guantes—. Gracias por invitarnos a cenar —digo, dando un rápido abrazo de despedida a Madisyn.

—Por supuesto. Te veré mañana en el trabajo.

Levanto a Bay y salgo corriendo.

Luka me pisa los talones, siguiéndome hasta el coche. Desbloqueo la puerta trasera con el mando a distancia, y Luka la abre mientras yo meto a Bay en su silla de seguridad y la acomodo.

—Si no quieres dinero, ¿por qué me lo cuentas?

Cierro la puerta del coche y me meto las manos en los bolsillos. El aire es helado, pero no es más mordaz que el humor de Luka.

—Pensé que querrías saber que tienes una hija, tal vez incluso ser un padre para ella. —Pensé que estaba haciendo lo correcto, permitiendo que Luka conociera a Bay y que mi hija tuviera la oportunidad de conocer a su padre biológico. Pellizcándome el puente de la nariz, me apoyo contra la puerta del coche—. Escucha, no quiero nada. Fue un error venir aquí, contarte sobre Bay. Simplemente olvídalo, ¿vale? Puedes seguir con tu vida, felizmente ignorando de que engendraste una hija.

Luka gruñe y se inclina, su cuerpo atrapándome contra el frío metal del coche.

—Eso no es justo. No sabía de ella hasta hace unos minutos.

Está lo suficientemente cerca como para que pueda sentir su aliento y me estremezco por su proximidad.

—Merezco la oportunidad de conocer a Bay —dice.

Apoyo suavemente mi mano en su pecho y lo empujo hacia atrás, necesitando espacio entre nosotros.

—Hablaremos otro día.

—¿Cuándo?

No lo había pensado mucho.

—¿Trabajas mañana? —pregunta.

—Sí. Pero tengo el lunes libre.

—Pásate el lunes por la tarde. Envíame un mensaje antes de llegar y me aseguraré de estar libre para que podamos hablar. —Extiende su mano—. ¿Tu teléfono?

Saco el móvil de mi bolsillo y hago una mueca ante la media docena de llamadas perdidas y los catorce mensajes sin leer que Mark ha dejado. Nunca ha sido excesivamente apegado, pero mi estómago se revuelve.

—Alguien es popular —dice, notando las notificaciones en mi pantalla.

—Sí. —No quiero hablar de ello. Joder, no quiero ir a casa y lidiar con Mark, pero no puedo meter la cabeza bajo tierra.

Le entrego mi teléfono a Luka, y él introduce su número de móvil.

—Envíame un mensaje cuando vengas de camino.

—Lo haré. Será después del almuerzo, alrededor de la una —digo.

—Está bien. —Me devuelve mi teléfono y se inclina, su aliento mezclándose con el mío.

Inhalo bruscamente, y él roza mi mejilla con sus labios.

—Cuídate —susurra, moviendo sus labios hacia mi oído—. Y si ese novio tuyo te pone un dedo encima, lo mataré.

CAPÍTULO NUEVE

LUKA

Al día siguiente...

Nikita asoma la cabeza en mi oficina.

—Tienes una visita —dice.

—¿Yo?

Hannah no debe venir hasta mañana. Me levanto de detrás de mi escritorio y me dirijo al pasillo.

¿Qué hace *ella* aquí?

Hannah y Bay están en la entrada junto a la puerta principal, con una maleta en mano. Hannah está temblando, y Bay está agarrada a la pierna de su madre. Nunca había visto a la niña tan asustada. Ayer, estaba burbujeante y expresiva, queriendo explorar cada rincón del complejo.

—Pasad —digo, arrodillándome mientras ayudo a Bay a quitarse el abrigo.

Hannah permanece allí, paralizada.

Aturdida.

Mataré a quien le haya hecho esto.

Hannah no ha dicho ni una sola palabra. Su labio inferior tiembla, y miro por encima de mi hombro a Nikita.

—Ve a buscar a Madisyn.

Frunce el ceño, pero sigue mi orden, apresurándose hacia la escalera.

Le quito a Bay el gorro y los guantes junto con las botas justo cuando Madisyn baja ruidosamente las escaleras.

—¡Dios mío! —La voz de Madisyn resuena por el pasillo mientras corre hacia la puerta principal—. No ha ido al trabajo hoy.

—No me h dejado salir —susurra Hannah. Su voz se quiebra, tratando de mantenerse entera. Supongo que por el bien de Bay.

—¿Qué? —¿He oído bien?

Mi sangre hierve, y dejo caer la chaqueta de Bay al suelo, aturdido. Me inclino y recojo el abrigo morado del suelo.

La maldita boda tiene que cancelarse. No hay manera de que vuelva con él, menos con mi hija. Ha traído una maleta, quizás pretende quedarse aquí. Hannah apenas ha dicho dos palabras. Su labio inferior tiembla, y la chica parece estar en estado de shock.

A Mikhail no le gustará si pretende quedarse en el complejo. Debería hablar con él antes de que lo haga Madisyn, explicarle la situación.

¿Cuál se supone que es la situación?

Hannah apenas ha dicho nada desde que entró. Miro por la ventana. No hay señal de su coche.

¿Cómo ha llegado hasta aquí?

—Dame —dice Madisyn y coge el abrigo de Bay de mis manos. Lleva las cosas al armario del pasillo, cuelga la chaqueta y mete los guantes en los bolsillos.

—Déjame coger tu abrigo. Puedes quedarte todo el tiempo que necesites. —No estoy seguro de por qué estoy haciendo una oferta tan generosa sin consultar a Mikhail, pero las palabras salen antes de que pueda retirarlas.

Está en problemas y necesita mi ayuda.

Sus labios se separan, pero las palabras no salen. Articula un simple *gracias*.

Se desabrocha el abrigo, y mientras la ayudo a quitárselo, noto una decoloración alrededor de su cuello.

—¿Eso es un moratón?

¿Le ha puesto ese bastardo una mano encima? Mi respiración se vuelve más fuerte y pesada a medida que la ira sale a la superficie.

Hannah se levanta el cuello de la camisa, pero hace poco por ocultar la marca. Solo un cobarde usa la violencia para intimidar y amenazar a una mujer.

—Lo mataré.

No es una amenaza vacía. Enterraré vivo a ese cabrón. Cualquiera que se meta con Hannah tendrá que vérselas conmigo. Saco las llaves del coche de mi bolsillo. No hay manera de que me quede sentado cuando él ha herido a Hannah. Debe pagar por lo que ha hecho.

Los ojos azul pálido de Hannah se ensanchan, y su respiración se entrecorta. Madisyn se aclara la garganta y me mira fijamente.

—Ni se te ocurra.

¿Qué cojones he hecho?

—Vigila a Bay, y yo llevaré a Hannah arriba para acomodarla. —Madisyn no espera a que responda. Hace un gesto a Nikita para que coja la maleta de su amiga.

Nikita, sin decir palabra, recoge su único equipaje y lo sube arriba.

¿Desde cuándo Madisyn está al mando?

—¿Quieres que me quede aquí y deje que el bastardo que golpeó a tu amiga se salga con la suya? —No es así como opero. Merece pagar por sus pecados y yo soy el hombre adecuado para darle una lección.

—Por favor, no. —Las lágrimas resbalan por la mejilla de Hannah y Bay empieza a llorar también. Hannah me mira, su labio inferior tiembla, y las lágrimas llenan sus ojos—. Vigila a Bay.

¿Cómo puedo negarme?

Me inclino al nivel de Bay.

—Hola —digo, ofreciendo una sonrisa incómoda.

No es que no haya estado cerca de niños. La hermana de Mikhail crió a sus gemelos los primeros años en el complejo hasta que se reunió con el padre.

Bay se limpia las lágrimas de la cara con el dorso de la mano.

—Te recuerdo —dice.

Eso espero, cené con la niña y con Hannah ayer. La pequeña sigue mirándome con ojos muy abiertos y sorbiéndose la nariz.

—Bien —digo y exhalo un suspiro—. ¿Qué tal si te buscamos un pañuelo?

Bay asiente vigorosamente, y eso es suficiente para mí. Al menos la niña no está luchando conmigo, suplicando estar al lado de su madre. Madisyn toma la mano de Hannah y la guía por la escalera mientras yo llevo a Bay al estudio mientras está momentáneamente distraída.

La caja de juguetes está situada contra la pared, y Bay corre hacia ellos, sacando los vehículos de plástico y dejándose caer en el suelo. Agarro la caja de pañuelos de la mesa cercana y le llevo uno a Bay, entregándoselo. Levanta la cabeza hacia mí y espera. Hannah debe mimar mucho a la niña.

—Toma. —Le entrego el pañuelo a Bay, y ella se seca los ojos, probablemente imitando lo que su madre hace por ella.

Cuando termina, lo tiro a la basura y me siento en el sofá cercano. Bay no está especialmente habladora esta noche. ¿Es por lo que ocurrió en el apartamento? ¿Presenció lo que pasó entre Hannah y su prometido? Trago el nudo que tengo en la garganta. ¿Le puso un dedo encima a Bay? No parece físicamente mal, pero no sé emocionalmente.

—¿Cuál es tu camión favorito? —pregunto mientras

ella estrella el camión de bomberos contra el coche de policía.

Esa es mi chica, causando caos. Mi estómago se tensa ante mi reconocimiento interior y mis pensamientos, *mi chica*. Es mi hija. Me agacho, y ella me entrega el coche de policía. No es lo que elegiría, pero no voy a discutir con Bay. No quiero verla llorar de nuevo, y al menos la última vez no fue por mi culpa.

—Gracias. —Fuerzo una sonrisa.

—Siéntate —ordena señalando el suelo.

Me dejo caer sin ceremonias mientras me uno a ella en el suelo. Bay estrella su camión de bomberos contra mi coche de policía.

—Papá dice que tenemos que mudarnos.

—¿Papá? —repito, confundido por su comentario. Ella levanta el camión de bomberos por el aire como si pudiera volar y lo deja caer al suelo.

—No quiero mudarme a Cannon.

¿Cannon? ¿Dónde coño está eso? ¿Hannah quiere mudarse? ¿Está planeando llevarse a Bay?

El estudio está caliente, y siento como si me hubieran succionado el aire de los pulmones. No puedo seguir fingiendo que juego.

—Quédate aquí —le ordeno y coloco el coche de policía en el suelo junto a Bay. Me levanto y salgo rápidamente de la habitación, cerrando la puerta corredera. Paso junto a Nikita a toda prisa—. Quédate fuera del estudio y asegúrate de que Bay no salga. —Señalo hacia el pasillo donde está la puerta cerrada del estudio.

—De acuerdo —dice y se dirige hacia donde acabo de venir. Yo me dirijo a la escalera y subo los escalones de dos en dos.

Sospecho que Hannah está en la habitación vacía junto a Madisyn, pero hay bastantes habitaciones desocupadas en el segundo piso y media docena más en el tercero. La puerta del dormitorio está cerrada, pero puedo oír voces amortiguadas al otro lado. Doy un fuerte golpe antes de abrir la puerta de un tirón. Hannah está sentada en la cama y Madisyn está a su lado. Hannah ha estado llorando. Tiene los ojos rojos e hinchados, y se limpia los últimos restos de lágrimas como si pudiera ocultarme su dolor.

—Te pedí que vigilaras a Bay —dice Hannah. Mira más allá de mí. ¿Está esperando que la haya traído arriba?

—Está en el estudio con un montón de juguetes. Está bien. Nikita está vigilando la puerta por si sale buscándote.

Hannah aprieta los labios y asiente. Exhala profundamente por la nariz, y creo que quizás ha terminado de llorar.

—Bay mencionó que os vais a mudar.

Se muerde el labio inferior, mordiéndolo nerviosamente, y su mirada se dirige hacia Madisyn.

—¿Queréis que os deje un minuto a solas? —pregunta Madisyn a Hannah.

Los hombros de Hannah se hunden, tiene las manos en su regazo.

—Sí, por favor. ¿Puedes ir a ver a Bay?

—Por supuesto, le haré compañía. —Madisyn abraza a Hannah antes de bajarse del borde de la cama y pasar por mi lado mientras se dirige a la puerta—. Está vulnerable. Ni se te ocurra hacerle daño —me amenaza al oído al salir de la habitación.

Ni lo soñaría. Ella no es quien merece mi ira. Ese cabrón de prometido, espero poder referirme a él como su ex-prometido. No la merece.

Madisyn sale silenciosamente del dormitorio y cierra la puerta tras ella, dejándonos solos.

—¿Dónde coño está Cannon? —pregunto, cruzando los brazos sobre el pecho. ¿Está planeando huir de la ciudad para alejarse de ese bastardo?

Su ceño se arruga y su nariz se frunce ante mi pregunta.

—¿Qué?

Casi resulta adorable, si no fuera porque me estoy irritando de que esté considerando marcharse de Nueva York y no tenga intención de decirme la verdad.

—He tenido que enterarme por Bay de que os mudáis.

Los ojos de Hannah se iluminan al entender lo que estoy preguntando.

—Las Islas Caimán.

—¿Te vas a mudar?

Mierda.

—No, no quiero. —Hannah hunde la cabeza entre sus manos, con la cara hacia su regazo—. Mark insiste en que nos mudemos a las Caimán cuando nos casemos.

—¿Todavía planeas casarte con él?

Me siento junto a Hannah en la cama, mis piernas rozando las suyas mientras el colchón se hunde.

—No, pero tampoco he roto con él todavía. Me escapé con Bay cuando él se fue a duchar. —Su voz se quiebra, y rodeo sus hombros con mi brazo.

Al instante, ella apoya la cabeza en mi hombro y emite un brusco suspiro como si intentara no llorar.

—Lo que necesites, estoy aquí.

Quiero reventarle la cabeza de ese cabrón contra el suelo, pero no creo que Hannah aprecie el gesto. Aunque podría valer la pena su mirada desaprobadora, no quiero asustarla.

—Gracias —dice Hannah y emite un profundo suspiro.

Posa una mano en mi muslo, y mi polla se estremece en mis pantalones. Solo un toque, y mi cuerpo responde, ansioso por complacerla, pero eso no es lo que ella quiere o necesita de mí. Pongo mi mano sobre la suya y la devuelvo a su regazo.

Es la adrenalina y su aroma bombeando hormonas en el aire. Me aclaro la garganta y me pongo de pie, necesitando aclarar mis ideas antes de hacer algo estúpido, como besarla.

Eso es lo último que quiere de mí.

—Has hecho un buen trabajo criando a Bay —digo, intentando cambiar de tema. Su mirada se alza para encontrarse con mi ardiente mirada—. Quiero formar parte de su vida. —No sé qué esperaba Hannah cuando me dijo que soy el padre de Bay, pero si es verdad, no puedo simplemente ignorar que tengo una hija.

—Por supuesto. Supongo que querrás hacer una prueba de paternidad —dice Hannah—. Aunque no hay nadie más que pueda ser. —Aparta la mirada, sus mejillas se enrojecen.

¿Está sonrojándose?

Quiero verificar que Bay es de mi sangre, pero no es algo que tengamos que hacer ahora mismo.

De pie a solo unos metros, cruzo los brazos sobre el pecho.

—¿Quieres hablar de lo que ese bastardo te hizo? Porque desde mi punto de vista, o deberías presentar cargos o dejarme ir a darle una paliza.

La comisura de su labio se curva hacia arriba. ¿Cree que estoy bromeando? Con gusto le haría sangrar al cabrón que le hizo daño. No es como si no supiera dónde vive.

—La policía no haría mucho.

—Él te dejó ese moratón —digo y señalo hacia su cuello—. ¿Te dejó alguna otra marca?

Ella se levanta el cuello de la camisa, pero no ayuda. ¿Cree que puede ocultarme lo que le hizo?

—Fue un accidente.

—No. —Acorto la distancia entre nosotros—. No excuses sus acciones. Él sabía lo que estaba haciendo. Tú misma lo dijiste. Te atrapó. No te dejó ir a trabajar esta mañana.

—Mark estaba enfadado conmigo. Insistió en que mantuviera a Bay en secreto para ti. De eso iba la pelea. Escaló cuando me dijo que no importaba; que todos nos mudaríamos a las Caimán después de la boda.

Odio a este tipo aún más. No pensaba que fuera posible.

—Se merece que le destrocen la cara.

Hannah sonríe débilmente.

—Puede ser, pero no tienes que defender mi honor.

—¿La boda está cancelada? —Necesito oír de sus labios que no va a volver con él.

—Quiero que salga de mi casa. ¿Tú y Madisyn vendréis conmigo cuando le digamos que se vaya?

Madisyn y Hannah no deberían estar cerca de Mark bajo ninguna circunstancia.

—Mikhail y yo nos ocuparemos de ello. —Si Mikhail está ocupado, puedo llevar a uno de nuestros hombres para que me acompañe—. ¿Sabe dónde te alojas?

Su lengua asoma, recorriendo sus labios.

—Seguro que deducirá que estoy con Madisyn, pero no conoce la dirección, y dejé mi coche en el complejo de apartamentos.

—¿Cómo has llegado hasta aquí?

—Cogí un taxi frente al edificio. Pensé que sería más seguro que usar mi coche, por si Mark intentaba rastrear mi vehículo.

Bien, entonces no tendremos que preocuparnos por deshacernos de su coche o revisarlo en busca de dispositivos de rastreo. Miro mi reloj. Mikhail y yo podríamos ir esta noche, darle una paliza a Mark y decirle que se largue del apartamento, pero aun así no me sentiría cómodo con que Hannah y Bay regresaran a casa, incluso cambiando las cerraduras.

—Quédate aquí esta noche. Hablaré con Mikhail e iremos a tener unas palabras con Mark mañana. ¿Tienes trabajo por la mañana?

—No, se supone que la tengo libre, pero no me presenté a trabajar esta mañana.

—Ya nos ocuparemos de eso mañana. Anota dónde trabaja Mark, otros lugares que frecuente y, si los conoces, los detalles de su horario.

Hannah se ríe de mi minuciosidad.

—¿Qué estás planeando, un golpe contra él? Eres peor que Madisyn. No sé dónde trabaja exactamente; es una firma de contabilidad. Nunca he ido a su oficina.

—Solo escribe lo que sepas.

No tiene ni idea de lo que soy capaz de hacer. Pero dudo que Hannah estuviera de acuerdo con que Mikhail o yo ejecutáramos al bastardo. Además, prefiero darle una paliza y meterle miedo.

—Mañana es lunes —digo, recordándole que es día laborable para la mayoría—. Supongo que tendrá que ir a la oficina. Sería menos conveniente para él si aparecemos en su trabajo. Quiero la dirección de su oficina y sus horarios.

—¿Quieres humillarlo? —Su mano tiembla mientras la apoya en su regazo.

—Solo quiero dejarle claro que debe dejarte en paz, recoger sus cosas e irse.

¿Se sentirá Hannah segura volviendo a su apartamento incluso después de que Mark se vaya? No me gusta la idea de que regrese a menos que uno de nuestros hombres esté apostado fuera de su puerta, vigilándolas estrechamente a ambas de manera indefinida.

—Me parece bien —dice Hannah. Se levanta y se limpia los últimos restos de lágrimas, acercándose hacia mí.

—¿Bajamos a ver cómo está Bay? ¿Habéis comido algo esta noche? —pregunto.

—Le di algunos snacks a Bay, así que probablemente no tenga hambre para cenar, y yo no tengo mucho apetito. —Abre la puerta del dormitorio, y la sigo al pasillo—. Parece que vienes bastante por casa de Madisyn.

—Por casa de Mikhail —la corrijo.

—Cierto —dice. Hannah me mira mientras llegamos a lo alto de la escalera, esperando mi respuesta—. ¿Y bien?

¿Cómo le digo que vivo aquí, arriba, sin que sospeche de lo que nos ganamos la vida? ¿Qué hombre corriente tiene media docena de hombres adultos viviendo con él, y no es una fraternidad universitaria? Incluso los multimillonarios tienen seguridad, pero se van a casa cuando llega otro turno al final de la noche.

Mikhail no es multimillonario, pero dirige un imperio, y yo trabajo para él, protegiendo nuestro hogar y a nuestros hermanos.

Evito su pregunta. Es más fácil distraerla y cambiar de tema.

—Siempre tiene la nevera llena —bromeo y bajo las escaleras, dejando que me siga—. Supongo que vuestro alojamiento es de vuestro agrado.

—Eres evasivo, y me gusta cómo cambias de tema cuando te apetece. Y sí, agradezco el espacio para Bay y para mí. Tendré que agradecérselo personalmente a Mikhail.

Me alcanza mientras me dirijo hacia el estudio. Cuanto antes esté en presencia de Madisyn y Bay, menos preguntas tendré que enfrentar de Hannah.

—¡Mamá! —Bay levanta la mirada de su camión de bomberos y deja caer el juguete con un golpe seco en el suelo.

Hannah se apresura a cruzar la habitación y se agacha, abrazando a Bay.

—¿Te diviertes con tus nuevos juguetes? —Bay asiente vigorosamente—. Es hora de prepararse para dormir —dice Hannah—. ¿Puedes recoger tus juguetes?

Madisyn me lleva aparte mientras Hannah ayuda a Bay a guardar los juguetes que había sacado de vuelta en la caja.

—¿Qué pasa? —pregunto.

—Mark no para de llamar y enviar mensajes.

No me sorprende, considerando cómo se marchó ella y su comportamiento. Probablemente esté rogándole a Hannah que vuelva a casa, prometiendo que nunca volverá a hacerle daño.

Madisyn saca un teléfono móvil de su bolsillo.

—Es de Hannah. Me pidió que se lo guardara. Estaba preocupada por hacer alguna tontería.

—¿Aún está encendido? —Arrebato el teléfono de las manos de Madisyn y salgo al pasillo, quitando la tarjeta SIM.

¿Cómo no se le ocurrió apagarlo? ¡Podría estar rastreándola!

—Tenemos compañía —la voz ronca de Mikhail resuena por el pasillo.

Cierro la puerta corredera del estudio, manteniéndolas al margen de cualquier drama que esté a punto de desarrollarse.

—¿Sabemos quién es?

—Yo diría que es el ex de Hannah. Nikita mencionó que Hannah vino inesperadamente. El cabrón probablemente está buscando a su hija.

—Bay no es su hija. —No voy a dar más explicaciones.

Me acerco a la ventana y miro a través de las cortinas abiertas. Es difícil ver mucho en la oscuridad, pero hay un vehículo con los faros apuntando directamente hacia nosotros al otro lado de la verja.

—¿Quién vigila la puerta? —pregunto, queriendo saber quién está apostado esta noche en la entrada, vigilando el recinto.

—Anton.

Exhalo profundamente y me pellizco el puente de la nariz.

—Sí, exactamente lo que pienso —dice Mikhail—. Si hubiera sabido que Madisyn traía problemas a casa, le habría dado refuerzos a Anton en la entrada.

—¿Te preocupa que Mark atraviese la puerta principal? —Nunca esperé que Mikhail tuviera quejas sobre Anton. Es un soldado leal pero joven. No tiene mucha experiencia en el mundo, especialmente en términos de derramamiento de sangre.

No estoy sugiriendo que Anton acabe con Mark, aunque me ahorraría el drama de mañana.

—Me preocupa tener que reemplazar la verja. Parece un idiota y podría atravesar la entrada frontal con el coche, sin importarle que esté cerrada. ¿Cómo demonios ha logrado rastrearlas?

—El teléfono de Hannah estaba encendido. Le acabo de quitar la tarjeta SIM.

Mikhail no es de los que rehúyen una pelea.

Yo tampoco.

CAPÍTULO DIEZ

LUKA

Mikhail abre la puerta principal, y lo acompaño fuera.

Mark está aparcado justo al otro lado de la verja, con los faros encendidos, iluminando el complejo.

—Nos desharemos de él —digo.

Anton está de pie fuera de la garita de seguridad, hablando con Mark en el lado del conductor de la camioneta negra de cuatro puertas.

Mark acelera el motor.

—¡Quiero hablar con Hannah! —grita. Tiene la

ventanilla bajada y golpea el lateral de su camioneta con la mano.

—Más le vale que merezca la pena —murmura Mikhail entre dientes.

No puedo oír la respuesta de Anton desde el otro lado del patio, y no contesto a Mikhail. Mi arma está cargada y lista por si necesito usarla o amenazar al cabrón.

Me adelanto a Mikhail, situándome en el lado opuesto de la verja metálica. No vamos a abrirle la puerta a este miserable. No va a acercarse a Hannah ni a Bay. Y aunque tenía pensado presentarme en su oficina mañana, bien puedo darle ahora mismo el discurso de *déjala en paz de una puta vez* que tenía planeado.

Una puerta más pequeña junto a la garita requiere un código para entrar y salir del recinto. Introduzco el código de seis dígitos y salgo. Mikhail me sigue y cierra la verja de un tirón. Mark conseguirá entrar o acercarse a Hannah y a mi hija por encima de mi cadáver.

—¿Te parece bien ir por ahí agrediendo a mujeres?

—grito mientras me acerco a la camioneta, con zancadas largas y rápidas hacia el vehículo.

Mark abre la puerta de golpe.

¿Cree que tiene alguna posibilidad contra mí?

Anton se aparta, pero está armado y preparado por si surge la necesidad. Está esperando la orden de Mikhail o la mía para reducir al hombre y ponerlo de rodillas. Eso sería fácil, pero esta noche no estoy por hacer las cosas de la manera fácil.

Mark merece sufrir por lo que ha hecho, por haber herido a Hannah.

No tolero a los maltratadores.

Mikhail está justo detrás de mí. Puedo sentir su presencia sin necesidad de mirar por encima del hombro. Me está dejando tomar la iniciativa. ¿Sabrá por qué esto significa tanto para mí?

—No sé de qué estás hablando. —Mark se hace el tonto. Probablemente no le cuesta mucho siendo un idiota, pero eso no excusa para lo que le hizo a Hannah o a Bay—. ¡Dejadme ver a mi mujer!

Se tropieza y cae de cabeza contra mí. ¿Está intentando pelear contra mí? Porque no tiene ninguna posibilidad; mucho menos de darme un buen golpe.

Su aliento apesta a alcohol. ¿Cómo cojones ha conducido hasta aquí sin matarse? No puede tener tanta suerte. Lo empujo y lo arrincono contra su vehículo, agarrando su camisa con mi mano izquierda. No lleva chaqueta y está demasiado borracho para notar que hace frío. Estoy ardiendo por dentro desde que ha aparecido y me ha dado el saco de boxeo perfecto.

—En primer lugar, ella no es tu mujer. —Me llena de asco que siquiera piense en llamarla su mujer como si se enorgulleciera y la poseyera. No es un objeto y, francamente, no están casados.

Sus palabras son arrastradas, pero aún algo comprensibles.

—Tú debes de ser Luka. —Mark me mira con desprecio.

Me llena cierto orgullo el hecho de que conozca mi nombre gracias a Hannah. Lo suelto. Si no puede mantenerse en pie, que su borracho culo se estrelle contra el bordillo. Se tambalea un momento y luego se endereza. No confirmo mi identidad. No me importa si sabe mi nombre o no. Lo que me importa es que deje en paz a Hannah y a Bay.

—¿Disfrutas amenazando a mujeres? —pregunto, sacando mi pistola de la funda y empujando el cañón bajo su cuello—. ¿Te gusta hacer que Hannah sienta que no puede marcharse? ¿De verdad piensas que reteniéndola tienes poder sobre ella?

Sus ojos están vidriosos, y manotea intentando apartar mis manos. Cualquier hombre en su sano juicio se acobardaría con una pistola encajada bajo la barbilla. Mark no está ni remotamente cuerdo ni sobrio. Atribuiré su estupidez a estar borracho y que por eso no se da cuenta de que está metiéndose con la bratva.

No me responde. Abre la boca, pero se queda sin palabras o está demasiado borracho para formar una respuesta coherente. Me gustaría pensar que es lo primero, pero sospecho que es el alcohol corriendo por su sistema.

—Vas a dejar a Hannah en paz. No tendrás ningún contacto con ella ni con su hija. ¿Está claro?

Mark resopla por lo bajo.

—¿Qué has dicho? —Empujo la pistola más arriba en su cuello.

Mark traga saliva.

—Vale —susurra, con voz aguda y chillona.

¿Está nervioso?

Bien. Quiero que tiemble y se mee encima. Es lo más amable que le concedería a su miserable trasero antes de empujarlo de vuelta a su camioneta. El sudor brilla en su frente. Si el tipo sufre un ataque al corazón, lo dejaré morir aquí fuera. Es lo mejor que podría hacer por Hannah.

—Y ese apartamento en el que has estado viviendo, *el apartamento de Hannah* —digo, enfatizando que no es su hogar—. Vas a recoger tus mierdas y largarte. Si la molestas o te acercas a Bay, te cazaremos y te castraremos.

Mikhail se coloca a mi lado.

—Considéralo lo más amable que te haríamos —añade.

—Quiero oírlo de Hannah —dice Mark, aunque suena más como un lloriqueo patético que como una amenaza.

Retiro mi pistola de la barbilla de Mark y la apunto a su entrepierna.

—Tú eliges. Déjala en paz o te vuelo la polla. Le estaría haciendo un favor a todas las mujeres de Nueva York.

Mark levanta las manos, tambaleándose un poco mientras se apoya contra la camioneta para sostenerse.

—Vale. Ninguna chica merece tantos problemas.

Doy un paso atrás, solo lo suficiente para que Mark pueda subir de nuevo a su camioneta y matarse de camino a casa. Un hombre puede soñar, ¿verdad?

CAPÍTULO ONCE

HANNAH

Salgo del estudio con Bay en mis brazos, lista para llevarla arriba y acostarla. Uno de los caballeros más altos, vestido de traje, está de pie junto a la ventana, concentrado en algo que ocurre fuera.

—¿Qué está pasando? —pregunto.

No hay señal de Luka. ¿Adónde ha desaparecido?

Madisyn se acerca por detrás y mira por la ventana.

—Nikita se está encargando. Deberías acostar a Bay —. Me aleja rápidamente del vestíbulo y me conduce hacia la escalera.

Es Mark.

Debe de estar fuera, exigiendo que vuelva a casa.

Mis manos tiemblan, y abrazo a Bay con más fuerza contra mi pecho mientras subo apresuradamente las escaleras.

Madisyn me sigue de cerca.

—Vamos —dice, guiándonos escaleras arriba y fuera de la vista. Al menos, supongo que ese es su plan por si Mark acaba entrando.

Luka no le dejará entrar en la casa. Protegería a Bay, ¿verdad?

—¿Cómo nos ha encontrado? —pregunto.

Madisyn sacude la cabeza, sin responder a mi pregunta, con la mirada fija en Bay. Le da unas palmaditas en la espalda y me rodea para abrir la puerta del dormitorio.

—Buenas noches, Bay —dice Madisyn, dedicándole la sonrisa más tranquilizadora posible.

Mi estómago da un vuelco.

Desearía poder sentirme segura y tranquila, y asegurarle a Bay que todo está bien. Madisyn cierra la puerta del dormitorio tras nosotras, y cambio a

Bay a su pijama. No traje demasiada ropa ni pertenencias. Metí rápidamente toda la ropa de Bay que pude en una maleta y un puñado de prendas mías para vestirme. Fue arriesgado hacer el equipaje mientras Mark se duchaba.

Todavía tengo acceso a mi cuenta bancaria. Por suerte, aún no estamos casados. Pero no estoy segura de si conservo mi trabajo después de no presentarme esta mañana.

Ya me ocuparé de eso mañana.

Retiro las sábanas, y Bay se mete debajo.

—Conejito —dice.

Agarro su peluche del equipaje. Ha dormido con su juguete favorito desde que nació. No había posibilidad de dejarlo atrás y arriesgarme a una rabieta. Al menos tuve la previsión de cogerlo cuando hice el equipaje.

—Mamá. —Bay me hace un gesto para que me acerque, la arropo y le doy muchos abrazos y besos antes de apagar las luces y salir silenciosamente de la habitación.

Puede que sea la hora de dormir de Bay, pero no la mía. Estoy agotada, pero dudo que pueda conciliar el sueño.

Madisyn está en el pasillo, con la espalda apoyada en la pared. No esperaba que me esperara. Me dirijo hacia lo alto de las escaleras, alejándome de la puerta del dormitorio, para que Bay no pueda oírnos. Quiero que duerma un poco, y lo último que necesita es que los adultos la mantengan despierta.

—¿De verdad es Mark quien está abajo? —pregunto.

—Fuera —me corrige Madisyn—. No está dentro de la casa. Puedes relajarte, Mikhail no va a invitarlo a entrar, y no hay manera de que atraviese su ejército.

—¿Ejército? —Supongo que está intentando hacerme sentir mejor. Abrazo a Madisyn—. Gracias. Aprecio todo lo que estás haciendo por mí. Eres una amiga increíble.

—Lo sé —bromea Madisyn con una amplia sonrisa —. No te preocupes. No voy a dejar que Mark se acerque a ti o a Bay. Y estoy segura de que Mikhail y Luka están haciendo lo mismo. Créeme cuando te digo que este lugar es una fortaleza.

Mi labio inferior tiembla mientras bajo las escaleras. Agradezco la seguridad adicional fuera y la garita de vigilancia. Parece un poco excesivo, aunque no sé exactamente para qué, pero ahora mismo no me importa.

La verdad es que una pequeña parte de mí quiere mirar por la ventana y ver qué está pasando, aunque no espero ver mucho. Afuera está oscuro y si no están justo delante de la ventana, probablemente sea imposible ver algo.

Pero debería dejar que Luka se ocupe de Mark, al menos por ahora. No estoy preparada para hablar con él ni para lidiar con las últimas veinticuatro horas hasta que Mark esté sobrio y yo haya dormido lo suficiente como para sentirme humana de nuevo.

—Vamos —dice Madisyn y me pasa el brazo por el hombro. Me guía rápidamente más allá de la ventana y hacia la cocina.

—Vaya.

El lugar es enorme. No debería sorprenderme considerando el tamaño de la casa, pero es más grande que mi apartamento. Lo que, supongo, no es decir mucho. También está impecable. Imagino que Mikhail contrata ayuda, si no un chef.

—¿Estás segura de que Mikhail no es multimillonario? —bromeo. Aunque, tengo curiosidad por saber cómo se permite su lujoso estilo de vida.

—Cualquiera lo pensaría, con la cantidad de personal que tiene para ayudarle por aquí —dice Madisyn. Abre el frigorífico y coge una bolsa de uvas. Lleva la fruta al fregadero, la lava antes de echarla en un cuenco y la coloca en la encimera—. Come.

—No tengo hambre.

Madisyn se sitúa en el extremo opuesto de la encimera. Coge una uva y se la mete en la boca.

—Te lo estás perdiendo.

¿Cómo puede comer en este momento? Probablemente porque no es su loco prometido quien está intentando derribar la verja y arrastrarla de vuelta a casa.

Unas pisadas fuertes resuenan por el pasillo. Me

estremezco y miro por encima del hombro mientras Luka entra en la cocina.

—Tu ex es un gilipollas —dice Luka. No endulza lo que piensa del hombre.

—Normalmente no es así —digo. Nunca he conocido a Mark comportándose de esta manera. Siempre ha sido dulce y, sinceramente, un poco soso. Definitivamente adicto al trabajo, pero nunca agresivo o cruel hasta hace poco. Es casi como si hubieran accionado un interruptor, y un loco hubiera despertado y tomado el control de su mente y su cuerpo.

—Espero que no estés planeando volver con él. —La mirada oscurecida de Luka se tensa mientras me observa—. Puedes encontrar algo mejor que ese desgraciado. —Da un paso para colocarse a mi lado.

Exhalo un suspiro profundo y me inclino hacia delante sobre la encimera, apoyando los codos en el mármol y la barbilla sobre mis manos entrelazadas.

—No es tan sencillo.

Se aclara la garganta, y es imposible no notar la mirada que Madisyn le dirige a Luka.

—¿Qué? —pregunto.

Están manteniendo una conversación privada con solo una mirada, y yo no formo parte de ella. Luka se aclara la garganta de nuevo, y Madisyn está sutilmente negando con la cabeza. Dejo caer los brazos a los lados.

—¡Esto es ridículo! Si tenéis algo que decir, soltadlo de una vez —digo.

Luka invade mi espacio personal. Si se acerca más, estará sobre mi regazo. Su pierna roza la mía, y sus dedos me peinan suavemente el cabello antes de guiar mi barbilla hacia arriba para encontrarme con su mirada.

—No vas a volver con él. —Su voz es firme, y hay una rotundidad en su orden.

Su tacto envía un pulso ondulante a través de mi cuerpo, y mi respiración se hace más profunda. Es sutil. Al menos espero que Luka no note el efecto que tiene sobre mí, la manera en que mi cuerpo responde voluntariamente a sus exigencias.

Madisyn se retira silenciosamente de la cocina, dejándonos a los dos solos.

Mi corazón martillea contra mi caja torácica.

Luka no ha soltado su agarre en mi barbilla. Su mano acaricia suavemente mi garganta.

—Mereces algo mejor —susurra Luka con voz áspera, y sus labios están lo suficientemente cerca como para sentir su cálido aliento provocándome.

Quiero besarle, pero todo dentro de mí grita que es demasiado pronto. Ya hemos recorrido este camino una vez, y nos llevó a Bay. Todo lo que haga a partir de ahora debe ser por ella.

Su pulgar recorre lentamente mi labio inferior, y el deseo crece dentro de mí. Cada respiración superficial se hace más profunda. La cocina está caliente y sofocante, como una sauna, mientras me invade el calor.

—Nunca debería haberte dejado marchar —susurra Luka.

El calor que se extiende por mi cuerpo es algo que nunca he sentido con Mark.

Me inclino más cerca y mis labios se separan. Anhelo desesperadamente besar a Luka, atraerlo contra mí y sentir cualquier cosa menos dolor.

—No podemos —susurro, sin apartar la mirada.

He conseguido romper el hechizo, y su mano cae delicadamente mientras da un paso atrás.

—Tienes razón —se aclara la garganta y mira en la dirección donde Madisyn había estado unos momentos antes.

¿Acaba de darse cuenta de que nos ha dejado solos?

—Acabo de salir de una relación —ofrezco a modo de explicación. No es que no quiera enredarme entre las sábanas con Luka. Es que no podemos hacer eso si va a ser algo de una sola vez.

Bueno, técnicamente, dos veces.

—Bien. Ese imbécil no te conviene —dice. Su respuesta es brusca. No hay sonrisa en su rostro, pero sus ojos no están fríos.

—Tampoco era muy bueno en la cama —digo y ofrezco una sonrisa traviesa.

Luka se ahoga con su propia risa.

—Lo siento —su cara se enrojece mientras está inclinado, recuperando el aliento.

No esperaba mi comentario. Es la verdad, y aunque quizás debería haberme guardado ese detalle, simplemente se me escapó.

—No es tan gracioso —frunzo el ceño y cruzo los brazos sobre mi pecho.

Respira profundamente, recuperando la compostura.

—Tienes razón, *Zaya*. No es gracioso. Una mujer debería disfrutar cada momento de ser adorada.

—¿*Zaya*? —inclino la cabeza, curiosa por el nombre. ¿Quién es *Zaya*?—. ¿Estás seguro de que no tienes una novia o esposa escondida por aquí? —bromeo, mirando por encima de mi hombro, tropezando con la pata del taburete cuando doy un paso.

Me atrapa antes de que pueda hacer el ridículo y caer al suelo.

Sus manos fuertes y ásperas me estabilizan, y la distancia que había entre nosotros desaparece. Las manos de Luka están en mis caderas, y su tacto envía mariposas a mi estómago. Sus dedos acarician mi piel entre el borde de mi camisa y mis pantalones.

—Ni novia ni esposa —dice—. Y espero que no sientas lo mismo sobre aquella noche que compartimos.

Gimo por la caricia de su tacto. Como la gravedad, me siento atraída, nuestros cuerpos prácticamente tocándose. Me cuesta todo mantener la distancia entre nosotros.

—Fue hace mucho tiempo —le recuerdo. Somos personas diferentes a cuando nos conocimos.

—¿Me estás diciendo que no recuerdas esa noche? —pregunta Luka. Sonríe y mira hacia abajo, observando detenidamente mi cuerpo vestido, pero siento que está recordándome desnuda. Se inclina más cerca. Su aliento acaricia mi oreja—. Te hizo un favor, mostrando su verdadera cara.

—¿Qué quieres decir? —pregunto, retrocediendo ligeramente para encontrarme con su mirada.

Aparta la mirada con una sonrisa maliciosa.

—No debería. Has dejado claro que solo quieres ser amigos. Y necesito respetar esa decisión.

Nunca me he arrepentido más de nada en mi vida.

—Tenemos una niña que debe ser lo primero —digo. Bay es mi máxima prioridad. Es parte de la razón por la que había planeado casarme con Mark, para darle un hogar estable. Ese plan fracasó, pero sus necesidades son más importantes que las mías.

Luka coloca un mechón de pelo detrás de mi oreja. Su tacto reaviva una vieja llama.

—*Zaya*, necesitas aprender a ponerte a ti misma primero.

Aprieto los labios.

Él sonríe.

—¿No hay respuesta ingeniosa? —Su tacto es a la vez reconfortante y enciende un fuego dentro de mí.

—Acordemos estar en desacuerdo —digo.

Si Luka piensa que puede hablar para meterse en mi cama, está equivocado. Sus dedos acarician mi cuello antes de retirar su mano.

—Nunca serás feliz si persigues lo que crees que ella necesita.

Quiero asegurarme de que tenga la mejor vida posible. ¿Qué hay de malo en eso?

—Necesita un hogar estable —no puede discutir con eso, y es algo que yo no tuve mientras crecía. Quiero darle una vida mejor de la que yo tuve de niña.

—¿Y tus necesidades?

—A mí también me gustaría tener un hogar estable —sonrío con ironía.

—Múdate aquí, permanentemente —dice Luka. No hay sonrisa en su rostro. Ni risas que indiquen que está bromeando.

No puede hablar en serio.

Mi mandíbula cae ante su petición.

—Piensa en lo que me estás pidiendo que haga. Ni siquiera nos conocemos.

—Nos conocíamos lo suficiente como para acostarnos —dice Luka. Alcanza mi mano.

Te juro que si se va a arrodillar, le daré un puñetazo.

—Quiero estar en la vida de Bay —dice Luka. Aprieta mi mano.

—Y lo estarás. Pero pedirme que me mude contigo, eso es un gran paso. —¿No se da cuenta de que mudarnos juntos es un paso monumental?

—No tiene por qué serlo. Me sentiré mejor sabiendo que no estás en ese apartamento. Le dejé claro a Mark que debe dejarte en paz, pero sería mentira si dijera que creo que será inteligente y seguirá mi consejo.

—¿Y Mikhail está de acuerdo?

—Déjame a mí ocuparme de él —dice Luka—. ¿Eso es un sí?

CAPÍTULO DOCE

LUKA

No sé cómo convencí a Hannah para que se mudara conmigo, pero aceptó. Con la condición de que Mikhail esté dispuesto a aceptar a Hannah y Bay bajo su techo.

Si puedo demostrarle que es bueno para Madisyn, entonces quizás acepte.

Llamo a la puerta del despacho antes de entrar y cerrarla tras de mí.

—Luka —dice Mikhail, levantando la mirada de su ordenador—. Vaya noche, ¿eh? —Cierra el portátil y se hace crujir los nudillos.

Me siento frente a él en el sillón de cuero negro.

—Sí, desde luego. —Está trabajando hasta tarde, así que Madisyn probablemente esté impacientándose esperándolo arriba—. Esperaba poder hablar contigo sobre la situación con Hannah.

—Ese tipo es un cabrón de primera. Me alegro de que la estés protegiendo. No está de más que sea guapa. ¿Tengo razón?

—¿No la recuerdas? —No estoy seguro de por qué pensé que podría. Estaba conmigo aquella noche en el bar, pero no había hablado con ella y definitivamente no se acostó con ella.

—¿Debería? —pregunta Mikhail, formándose un ceño en las comisuras de sus labios.

—Probablemente no. Me enrollé con ella hace un par de años. Resulta que la niña pequeña, Bay, es mía.

—Joder —murmura Mikhail entre dientes—. ¿Por qué no intentó localizarte?

—Hannah pensaba que yo trabajaba en el club. Aquella noche me metí detrás de la barra para servirnos unas copas, así que entiendo que pudiera llegar a esa conclusión. Perdió mi número o algo así y no sabía cómo contactarme.

—Eres padre, ¿eh? —Mikhail sonríe con suficiencia —. No esperaba que me ganaras en la línea de meta.

—No sabía que fuera una competición. —Aunque Madisyn está embarazada, tiene razón. Convertirme en padre de la noche a la mañana es toda una sorpresa.

—¿Cuándo no lo es? —Mikhail se ríe—. ¿De qué querías hablarme?

Al menos Mikhail parece estar de buen humor.

—No me gusta la idea de que Hannah regrese a su apartamento.

La mirada de Mikhail se endurece.

—¿Quieres que Hannah se quede aquí bajo mi techo?

—Eso es lo que me gustaría, indefinidamente. Siendo Bay mi hija, sería bueno tener la oportunidad de conocerla.

Mikhail se pellizca el puente de la nariz.

—Hannah no sabe a qué nos dedicamos. ¿Ves cómo esto podría ser un problema?

Esa idea ya se me había pasado por la cabeza.

—No lo descubrirá, señor. Madisyn no se lo contará, y me aseguraré de que mantengamos nuestros negocios lejos de ella.

—Estará viviendo bajo nuestro techo —dice Mikhail—. Es probable que presencie algo que no debería. ¿Estás seguro de que es leal y no correrá a contárselo a los federales?

—Si tuviera alguna sospecha de nuestros negocios, no aceptaría quedarse.

—No puedo decir que me sorprenda. Te sugiero que te asegures de que nunca lo descubra. Averigua qué necesita de su apartamento y encárgate de que traigan el resto de sus cosas al complejo o las guarden en un almacén.

—Sí, señor —digo y me levanto.

—Una cosa más, Luka. Si va a vivir aquí, no quiero dramas. Ambos necesitáis establecer unas normas básicas antes de comprometeros con esta idea de vivir juntos.

—¿Normas básicas?

¿De qué diablos está hablando?

—¿Sois padres compartiendo la crianza? ¿Amigos con derecho? Si quiere traer a otro hombre a casa, ¿cómo manejarás esa situación?

Mis manos se cierran en puños.

—No va a traer a nadie a casa.

—Bien —dice Mikhail con un indicio de sonrisa—. Ah, y voy a pedirle a Nikita que investigue a Mark.

—¿Por qué? Él ya no está en la vida de Hannah —digo. ¿Qué sentido tiene desenterrar trapos sucios de un hombre que bien podría estar muerto para ella?

La mandíbula de Mikhail se tensa.

—Considéralo una corazonada. Puede que tú quieras deshacerte de él, pero no creo que sea lo bastante listo como para alejarse.

Más vale que Mikhail esté equivocado.

—Lo investigaré —digo.

—No. —Mikhail levanta una mano—. Estás demasiado cerca de Hannah. Es mejor que venga de otro de mis hombres. Si no aparece nada, Hannah nunca tiene por qué enterarse.

—¿Y si aparece algo?

—Nikita puede ser el portador de las malas noticias —dice Mikhail.

Hannah no aparece por ningún lado. Sin embargo, sospecho que está encerrada en su dormitorio con Bay. No quiero interrumpir ni molestarla, especialmente si Bay está dormida.

Despertar a la pequeña no me va a hacer ganar puntos.

No tengo sueño.

La energía acumulada fluye por mis venas. Paso una hora y media en el gimnasio aporreando uno de los sacos de boxeo.

Debería estar agotado.

Mi cuerpo está entumecido, desde los nudillos que me he magullado hasta el corazón. No debería sentirme así, pensando constantemente en Hannah y Bay.

No ayuda el hecho de que la he invitado a vivir bajo mi techo, técnicamente el de Mikhail. Y le deberé un favor por su generosidad.

El sudor cubre mi piel, y agarro una toalla, echándomela sobre el cuello. Estoy caliente y helado al mismo tiempo.

Cada jadeo es fuerte y áspero mientras intento recuperar el aliento tras el entrenamiento. Mantenerme en forma es un requisito. Soy guardaespaldas de la bratva, y daría mi vida por los hombres que he jurado proteger.

Me paso la toalla por el pelo y la tiro a la colada al salir del gimnasio de casa. Choco de lleno contra Hannah cuando ella dobla la esquina del pasillo. ¿No debería estar en la cama?

Mis manos se alzan hasta sus brazos para estabilizarla.

—Perdón —se disculpa ella. La mirada de Hannah recorre mi cuerpo de arriba abajo.

—¿Qué haces fuera de la cama? —pregunto mientras mis manos permanecen en sus antebrazos.

Mi agarre es firme pero no brusco mientras las yemas de mis pulgares acarician su piel desnuda.

Está en pijama. Es casual y cómodo, para nada sexy, pero aun así consigue que parezca atractivo: un pantalón de franela a cuadros azul oscuro y una camiseta lisa azul marino que le cae por debajo de las caderas. Las pruebas del maltrato de Mark cubren su clavícula y cuello. Juro que puedo ver moratones con la forma de una mano alrededor de su garganta.

Un calor me invade como una ola.

—¿Él te hizo esto? —Ya sé la respuesta, pero aún así hago la pregunta, horrorizado de que cualquier hombre pueda tocar a Hannah de esa manera.

Utilizó su poder para asustarla. Aterrorizarla. Y hacer que le temiera.

¿Qué clase de animal tiene que hacer daño a una mujer para obligarla a quedarse?

La suave voz de Hannah interrumpe mi concentración mientras miro fijamente las marcas grabadas en su piel.

—Parece peor de lo que es —dice Hannah.

—No justifiques sus acciones.

Hannah se zafa de mi agarre y cubre el daño pasándose los dedos por el pelo para llevarlo hacia delante.

—No lo hago —dice.

Ocultar las cicatrices no hace que desaparezcan. ¿No se da cuenta? Hannah cambia el peso de un pie a otro, incómoda bajo mi escrutinio.

—¿No puedes dormir? —pregunto. Me pregunto por qué está fuera de la cama. Es casi medianoche.

—Sí, no se me da muy bien dormir en un sitio nuevo.

Probablemente también tenga que ver con lo que ha pasado. Relajarse podría ayudar. Le sugeriría un masaje y un orgasmo demoledor para ayudarla a dormir si fuera mía.

En su lugar, opto por la segunda mejor solución.

Alcohol.

—Ven conmigo —digo y le hago un gesto para que me siga. La llevo a mi despacho y cierro la puerta tras ella—. Siéntate.

Ella se ríe por lo bajo.

—Me siento como si me hubieran mandado al despacho del director —bromea. Se sienta frente a mi escritorio y se relaja en la silla de cuero.

—¿Eso ocurre mucho con Bay? —La niña no me parece problemática, pero no he estado mucho tiempo con Bay, unas pocas horas anoche, y apenas he pasado tiempo con ella hoy.

Una leve sonrisa tira de las comisuras de los labios de Hannah.

—No.

En el archivador negro detrás de mi escritorio hay una bandeja plateada con una botella de whisky y dos vasos.

—¿Bebes whisky? —Doy la vuelta a los vasos y abro la nueva botella ámbar.

—Normalmente no —dice Hannah. Su nariz se arruga ante mi pregunta.

—Espera un momento —digo y me apresuro a ir a la cocina. El complejo está tranquilo a esta hora. Los guardias están haciendo sus turnos, pero la mayoría están dormidos o relajándose antes de acostarse.

Cojo algunos ingredientes de la nevera y la despensa y regreso con zumo de limón, almíbar simple y soda.

—¿Qué es eso? —pregunta Hannah. No se ha movido de la silla. Tiene las manos juntas en el regazo.

—Te estoy preparando un Scotch Collins.

—Oh —dice, y ladea ligeramente la cabeza mientras estudia mis movimientos.

Llevo los ingredientes a la mesa y preparo su bebida burbujeante. Su mirada ardiente está sobre mí todo el tiempo. Incluso de espaldas a ella, puedo sentir cómo me observa, estudiando lo que hago.

Es bueno ser apreciado. Tener su atención, aunque solo sea mientras estamos en mi despacho.

—Aquí tienes —digo y le entrego el cóctel. Me sirvo un whisky y me apoyo en el borde del escritorio.

Nuestras rodillas se rozan. Ella se sonroja y se sienta más erguida, bebiendo a sorbos su bebida.

—Está bueno —dice—. Aunque no estoy segura de cómo me ayudará a dormir.

—Pareces tensa. Pensé que podría ayudarte a despejar la mente.

—¿Tan obvio es? —Hannah ofrece una débil sonrisa, y su atención está en su bebida, con la mirada baja hacia el vaso.

—Has pasado por mucho. Venir aquí a quedarte, estoy seguro de que no puede ser fácil.

Ella se muerde el labio inferior.

—Solo iba a ser por una noche —dice, apenas por encima de un susurro. Hannah levanta la mirada de su vaso—. No quiero ser una molestia.

—No lo eres —digo y dejo mi vaso de whisky en el escritorio. Inclinándome hacia delante, le sujeto la barbilla, obligándola a mirar mi ardiente mirada—. Mereces mucho más que ese cabrón. —Todavía estoy furioso por lo que le hizo, los moratones visibles bajo las luces fluorescentes del techo.

Ella esboza una sonrisa pícara y bebe lo último de su licor.

—Sí, ese cabrón ni siquiera podía llevarme al orgasmo.

—¿Quieres otra copa?

—Sí, la necesito —dice y me pone el vaso vacío en las manos.

Me levanto y me dirijo al otro lado de la habitación para prepararle otra bebida. Ya está sonriendo, y sus mejillas están sonrojadas.

—No bebes mucho, ¿verdad? —Parece achispada.

—Es difícil salir. Ser madre soltera a tiempo completo hace mella en mi vida nocturna.

—¿Y qué hay de tu vida amorosa? —La miro por encima del hombro mientras mezclo su segundo cóctel. Relleno mi whisky y le entrego su vaso antes de volver a mi posición en el borde del escritorio.

—No ha habido nadie más que... —Hannah no termina su frase y se mueve inquieta en su asiento, tratando de ponerse cómoda. Quizás es el pensamiento de *él* lo que la pone nerviosa.

—Necesitas un apodo para ese gilipollas —le digo.

—¿Aparte de imbécil? —Hannah sonríe con malicia —. ¿Qué tal asesino de orgasmos? —Me clava la mirada y yo intento no ahogarme ante su comentario.

—¿Asesino de orgasmos? —Llevo el whisky a mis labios y doy un trago. Necesito un buen trago al escucharla usar la palabra *orgasmo* y tratar de no excitarme. Está preciosa con esos pantalones de pijama de cuadros oscuros que le quedan grandes. Tiene las mejillas sonrosadas, y me imagino que ese rubor se extiende por su cuello hasta sus pechos.

—Era lo único que sabía hacer bien, matar cualquier posibilidad de que yo llegara al clímax. ¿Sabes que podría llamarse el hombre de los dos minutos?

Abro los ojos de par en par y me trago el resto del whisky mientras ella continúa divagando sobre lo terrible que era Mark en la cama.

—Dos minutos, eso sería todo un récord para él. No había preliminares. ¡Solo zas, pam, y asegúrate de meterla en el agujero correcto! Y no me hagas hablar de cuando intentaba hablar sucio. ¡Debería prohibirse hablar sucio!

—Eso es un poco duro —comento.

Ella arquea una ceja. Creo que acabo de iniciar una guerra con mi *Zaya*.

—Los hombres no saben hablar sucio. Creen que pueden, pero les sale patético y nada sexy.

Debería dejarlo estar. Hannah no está pensando con claridad, pero no estoy de acuerdo con ella, y no soy un hombre que se quede de brazos cruzados aceptando lo que dice como la verdad.

—Quizás al hombre de los dos minutos no se le debería permitir hablar sucio, pero estoy seguro de que mi sucia boca te pondría húmeda, y me estarías suplicando que te satisficiera. —La miro fijamente.

Los labios de Hannah se entreabren y jadea ante mi comentario. Sus mejillas se encienden, y se lleva el vaso a los labios, terminando su bebida. Me entrega el vaso vacío.

—¿Otra?

—Creo que has llegado a tu límite —digo.

No puedo imaginar lo encantada que estará mañana cuando recuerde haber revelado lo malo que era Mark en la cama.

Arruga la nariz de la manera más adorable posible, y su labio inferior sobresale mientras hace pucheros.

—¿Por favor? O si no, tengo que irme a la cama.

Una docena de otras ideas vienen a mi mente, y ninguna de ellas implica dormir

—No voy a dejar que te emborraches.

Hannah se ríe.

—Es demasiado tarde para eso.

Dos copas.

Es todo lo que le he dado, y quizás fueron un poco generosas con el whisky. No medí exactamente el licor, pero joder... está como una cuba.

Hannah se levanta, ignorando mis palabras, y camina con descaro por mi despacho hacia el licor.

—¿Qué crees que estás haciendo? —Levanto una ceja con curiosidad. Nunca he conocido a una mujer que se sirviera mi alcohol o, en realidad, cualquier cosa en mi casa. Aunque, si he de ser sincero, Hannah es la primera mujer que he traído al complejo. Normalmente, mis actividades íntimas las manejo en otro sitio.

—¡Sirviéndome una copa, tontorrón!

Me alegra que se sienta mejor, despreocupada y feliz. Pero odio que la causa sea el alcohol. Preferiría ser yo quien la ayudara a seguir adelante y olvidar a ese perdedor.

Me levanto del escritorio, dejando mi vaso de whisky medio consumido en la mesa de madera mientras acorto la distancia entre nosotros.

—Ni hablar.

—Estoy cansada de que los hombres me digan lo que puedo y no puedo hacer. Soy adulta. —Hannah patalea con su pie descalzo como si intentara demostrar algo.

—Tener una rabieta no es precisamente lo más maduro —susurro, acercándome por detrás. Mis manos están a ambos lados de ella, pero no la estoy tocando.

Quiero tocarla. Quiero empujarla contra el escritorio, bajarle los pantalones y caer de rodillas. Le enseñaría lo que es tener un orgasmo apasionante con sus piernas alrededor de mi cuello.

¿Ha olvidado cómo era cuando estábamos juntos? Solo fue una noche, pero nunca he olvidado a Hannah.

¿Cómo podría?

Me he acostado con bastantes mujeres, pero ninguna se le acercaba. Ella es pura, inocente y no tiene ni idea de a qué me dedico. Ese tipo de secreto hace que la atracción sea más intensa y mucho más peligrosa.

Hannah menea el trasero contra mi entrepierna. Al menos cuando llevaba traje, mi ropa hacía un mejor trabajo ocultando mi deseo. Pero estoy con pantalones de chándal y una camiseta después de entrenar en el gimnasio. No esperaba encontrarme con Hannah a altas horas de la noche en el pasillo. Ella desliza su mano por mi pelo, atrayéndome más mientras se contonea contra mí.

—Quiero que me folles.

—Yo también quiero eso —le susurro al oído.

—Bien —dice y se gira en mi abrazo. Su boca se une a la mía, y sus brazos rodean mi cuello.

Hay un sofá contra la pared de mi despacho, y la levanto en mis brazos para dejarla sobre el sofá de cuero negro. Me coloco a horcajadas sobre ella, subiéndome encima, sujetando sus brazos por encima de su cabeza. Debería mandarla arriba y meterla en la cama. Pero no soy un caballero.

Ella gime y jadea, envolviéndome con sus piernas, arqueando la espalda y empujando sus caderas contra las mías. Puedo sentir su desesperación. Pero no voy a darle lo que quiere, al menos no tan rápido.

—Quiero oírte gritar mi nombre —le susurro al oído, sin importarme si despierto a todo el complejo.

CAPÍTULO TRECE

HANNAH

Puede que haya tomado dos copas, pero soy plenamente consciente de lo que estoy a punto de hacer con Luka Ivanov en su oficina.

En los últimos dos días, Luka me ha hecho sentir mucho más que ese perdedor. ¿Por qué iba a casarme con Mark?

Ah, claro, estabilidad.

Las manos de Luka son ásperas y fuertes mientras me aprisiona contra el frío cuero. Sus palabras susurradas: «Quiero oírte gritar mi nombre», me hacen estremecer.

Ha pasado demasiado tiempo desde que sentí la inminente marea arrastrándome. El sexo se había convertido en una tarea, una obligación. Tengo la sensación de que con Luka no será así. Desde luego no lo fue la última vez. ¿Cómo podría olvidar aquella noche?

Arrastra su lengua por mi cuello, jadeando mientras me retuerzo bajo su peso. Enredo mis piernas alrededor de él, atrayéndolo hacia mí, deseando sentir su peso encima.

—¿Quieres correrte, verdad, *Zaya*? —Sus labios descienden hasta mi estómago mientras suelta el agarre de mis brazos.

—¿*Zaya*? —¿Es ese su apodo para mí?

Aflojo mis piernas a su alrededor, dejándole tomar el control, solo por esta vez.

No responde con palabras. Luka sube poco a poco mi camiseta de algodón mientras su lengua se sumerge en mi ombligo, y traza un camino de cálidos besos por mi abdomen. Sus dedos juguetean con la cintura de mis pantalones, acariciando mi piel desnuda.

Mi estómago se estremece con su tacto.

—¿Condón? —pregunto.

—No es algo que guarde en mi oficina —murmura Luka contra mi estómago.

—¿No es por eso que tienes un sofá de cuero en tu oficina? —Debería sentirme aliviada de que no tenga por costumbre traer mujeres aquí.

Sonríe cálidamente, sus ojos brillando hacia mí.

—No, no es por eso.

Me muevo para sentarme en el sofá, y Luka me arrastra de vuelta hacia abajo.

Se coloca a horcajadas sobre mis caderas, sus manos apretando las mías, inmovilizándolas contra el sofá.

—¿Adónde crees que vas?

—No tienes condón —digo.

—No en mi oficina. Tengo uno arriba, en mi dormitorio. —Se inclina, sus labios tentando los míos mientras lo absorbo.

Quiero besarlo. Saborearlo. Devorarlo.

—No te conté mis secretos más oscuros para que te acostaras conmigo —confieso.

No fue por eso que le hablé de Mark. No estoy segura de por qué le dije que el sexo era terrible y que ansiaba el contacto de un hombre de verdad. Los ojos de Luka relucen. No se mueve de su posición sobre mí, atrapándome entre él y el sofá de cuero.

—Créeme, no es por eso que estoy haciendo esto, *Zaya* —dice Luka—. Mereces ser adorada, pero no soy un hombre desinteresado.

Me inclino para besarlo, silenciándolo. Ha encendido mi cuerpo, y no quiero que este momento termine. Luka es la perfección absoluta, y ni siquiera he desenvuelto el regalo. Sus labios se mueven hacia mi cuello, y su mano roza mi costado. Gimo por los recientes moratones que Mark dejó en mi piel. Las marcas siguen frescas y doloridas.

Luka percibe mi incomodidad. Toda sensación de calma desaparece.

—Lo mataré —gruñe Luka mientras su labio superior se enrosca.

Sus palabras me provocan un escalofrío por la espalda.

—Esto ha sido un error —digo.

El ceño de Luka se tensa. Su escrutinio me hace sentir tan expuesta como las heridas que Mark dejó. Presiono una mano contra el pecho de Luka y lo aparto suavemente.

No estoy lista para esto, para nosotros.

Luka se aparta del sofá y me da bastante espacio. Se pasa los dedos por el pelo, respirando profunda y pesadamente mientras retrocede hacia su escritorio.

—¿Estás enfadado? —Me incorporo en el sofá y arreglo mi ropa, algo desaliñada por nuestras actividades.

—¿Por qué iba a estar enfadado? —pregunta Luka. Deja caer las manos a los costados.

No respondo. ¿No es obvio?

—Te decepciono —digo.

Él cae de rodillas, aparta un mechón de pelo detrás de mi oreja y levanta mi barbilla para encontrarme con su mirada.

—Nunca podrías decepcionarme, *Zaya*.

—¿Y Hannah? ¿Hannah te decepciona? —pregunto. Suena raro, mi nombre saliendo de mis labios, pero no sé por qué sigue llamándome *Zaya*. Ese no es mi nombre. ¿Desea que fuera otra persona?

Me sienta en su regazo mientras vuelve a sentarse en el sofá.

—Es un apodo cariñoso, un término de afecto —susurra Luka. Sus dedos acarician mi pelo, jugando con los mechones—. Eres mía. —El agarre de Luka se intensifica mientras me sostiene contra él.

Tengo la boca seca, y mi voz sale ronca y áspera.

—¿Tuya? —Ha perdido la cabeza—. Nos conocemos desde hace dos días, Luka.

—Tenemos una hija juntos.

Está loco. Es la única explicación para su posesividad.

—Sí, ayudaste a concebir a Bay, pero es mi hija.

—Es tanto mía como tuya. —La voz de Luka retumba en el pequeño espacio—. Habría estado ahí para ella y para ti si hubiera sabido que existía.

Me levanto de su regazo y me pongo de pie, cruzando los brazos sobre el pecho.

—Intenté ponerme en contacto contigo. Hice todo lo que pude, volví al bar donde nos conocimos, pero nadie sabía quién eras.

¿No me cree?

—Lo sé, me lo dijiste anoche —dice Luka—. No dudo de ti. No me gusta haberme perdido el nacimiento de Bay, sus primeras palabras o sus primeros pasos. Quiero estar ahí para ella y para ti.

—Apenas me conoces —digo—. Es una locura que viva aquí contigo. —¿No piensa que es demasiado pronto? ¿Por qué acepté la oportunidad tan rápido? Podría conseguir un hotel por algunas noches y mantenerme alejada de Mark con la misma facilidad.

Luka no se levanta. Me da espacio mientras me mira. Junta sus manos. Su tono es firme y sin disculpas, pero no resulta amenazante en absoluto.

—No estoy de acuerdo. Mark está ahí fuera, y hasta que no tenga la absoluta certeza de que no os hará daño a ti o a nuestra hija, no puedo en buena conciencia dejaros marchar.

Me río de sus palabras. No puede hablar en serio.

—¿Me estás reteniendo aquí contra mi voluntad?

Aprieta los labios.

—No conviertas esto en una batalla, Hannah. Eres libre de ir y venir como quieras, pero no confío en Mark, y no creo que sea seguro para ti volver a casa.

—Mark se va a ir de mi apartamento. —¿No es eso lo que Luka me dijo? Mark entendió que lo nuestro había terminado y que desaparecería de nuestras vidas—. Recogerá sus cosas y pronto se irá.

—Sí, pero ¿qué le impedirá volver? Los hombres como Mark no se van por las buenas.

—¿Qué sugieres que haga?

—Ya te he invitado a quedarte aquí —dice Luka. Estira los brazos y los coloca detrás de su cabeza—. ¿Por qué estamos peleando?

—No lo sé. Tú empezaste —suelto.

Luka se levanta y me agarra por la cintura, poniéndome sobre su hombro.

—¡Bájame! —chillo.

—¿Confías en mí? —Su voz es áspera y profunda.

Me hace estremecer el estómago. Hay una dominancia en él, algo que Mark nunca poseyó. Puede que quisiera ser dominante, pero estaba lejos de tomar el mando.

—Apenas te conozco —susurro. Mi voz se quiebra, y él me mantiene sobre su hombro mientras se dirige a la puerta del despacho.

—¿Puedes mantenerte callada?

No, la verdad que no puedo.

No hago promesas vacías, y él exhala un fuerte suspiro y me pone de pie en el suelo.

—No confías en mí de verdad. Debería matar a ese gilipollas que te ha hecho daño.

¿Cómo respondo a eso? No se equivoca, Mark es un imbécil, pero no siempre fue así. Desde luego, no con Bay o conmigo.

Pero había señales, evidentes banderas rojas que ignoré descaradamente. La primera fue cómo trataba a sus compañeros de trabajo. Los menospreciaba y se jactaba conmigo de sus logros.

—Ven conmigo —dice Luka, y me toma de la mano, guiándome fuera de su despacho.

Acepto. Sigo a Luka por la escalera. ¿Me está llevando a mi habitación?

Pasamos de largo la puerta de mi habitación, donde Bay duerme profundamente, y seguimos hacia el final del pasillo. Su mano no afloja el agarre mientras me acompaña al tercer piso.

—¿A dónde me llevas? —susurro, sin querer despertar a nadie.

—Necesitas relajarte, y yo necesito otra copa —dice Luka.

¿No fue eso lo que nos metió en este lío en primer lugar? Bueno, al menos esta noche.

—¿Estás seguro de que es buena idea?

Suelta mi mano y me mira por encima del hombro. Supongo que me está dejando ir. Si quiero marcharme y volver a mi habitación, puedo hacerlo. Pero odio admitir que siento curiosidad por lo que tiene en mente. Siento que el barco del sexo ya ha zarpado.

Continúa subiendo los últimos escalones, y yo le sigo.

El pasillo está tenuemente iluminado, las luces apagadas excepto por algunas lámparas que iluminan el camino. Hay varias habitaciones, todas con las puertas cerradas. ¿Aquí donde duermen los guardias?

Pasamos tres puertas y en la cuarta a la izquierda, Luka gira el pomo y entra. Le sigo y él enciende una lámpara, bañando la habitación en un suave y cálido resplandor antes de cerrar la puerta.

—¿Estás cansada? —pregunta Luka, mirándome por encima del hombro.

—No mucho —digo—. Sé que es tarde, pero creo que mi cerebro está sobreestimulado. —Voy a pagarlo mañana cuando tenga que levantarme y Bay esté completamente despierta al amanecer.

—Espero que no te opongas a mi siguiente sugerencia —dice y cruza el dormitorio, abriendo una puerta.

¿Es un armario? Me quedo quieta, con los pies firmemente plantados en la alfombra.

—Te juro, Luka, que si estás abriendo la puerta a una habitación roja, me largo de aquí.

Abre la puerta contigua, enciende la luz y sonríe.

—Es un baño —dice—. Me sorprende que sepas lo que es una habitación roja, *Zaya*. Nunca te tomé por ese tipo.

—No lo soy —digo y me aclaro la garganta. ¿Ha subido la temperatura aquí?

—Claro —dice con una sonrisa presumida—. Lo tendré en cuenta. No te va un poco de juego duro.

—¿Un poco de juego duro? —Mi mandíbula cae, y la sonrisa en su rostro solo parece crecer.

—Relájate, *Zaya*. Voy a prepararte un baño. Solo no te desmayes. ¿Vale? No estoy haciendo esto para que te ahogues en la bañera.

Mis hombros se relajan.

—¿Baño? —Esa es la única palabra que parece haber registrado—. Podría bañarme abajo.

—No tienes tu propia bañera con hidromasaje. —Luka se dirige al baño y abre el grifo.

Me muerdo el labio inferior y cruzo los brazos sobre el pecho. La idea suena fantástica, pero no estoy segura de que deba bañarme en la habitación de Luka.

—¿Estás intentando verme desnuda?

—Quizás —dice Luka con una sonrisa irónica—. Pero puedes cerrar la puerta con llave para tener privacidad. Y soy un caballero. Solo entraré si hay un incendio o si Bay se despierta —dice.

—Es bueno saber cuáles son tus prioridades —digo, acercándome y echando un vistazo al baño.

No es un baño ordinario como esperaba. Es tan largo como el dormitorio de Luka. Aunque es bastante más estrecho que su habitación, es más lujoso que cualquier cosa a la que estoy acostumbrada.

—¿Todo esto es tuyo? —exclamo—. ¡Es enorme!

—Gracias —dice Luka con una sonrisa pícara—. Eso es lo que a todo hombre de sangre caliente le encanta oír.

—Tu baño. Saca la mente de la alcantarilla. —Le doy un empujón con mi hombro mientras piso las cálidas baldosas—. ¡Dios mío! Incluso el suelo está aclimatado.

Luka se encoge de hombros y cruza los brazos sobre el pecho.

—No se usa con tanta frecuencia como debería.

—¿Todos los hombres de Mikhail tienen alojamientos tan lujosos? Quizás debería dejar mi trabajo diario y venir a trabajar para tu jefe.

—Ni lo pienses —dice Luka, clavándome la mirada.

Su mirada ardiente me seca la boca, y trago nerviosa. Mi voz sale ronca.

—¿Por qué no?

¿Está preocupado de que pasemos demasiado tiempo juntos?

—Es tarde, y esa no es una conversación que vayamos a tener esta noche —murmura entre dientes.

Luka coge una toalla doblada del armario y la coloca junto al lavabo.

—¿Necesitas algo más? —pregunta.

—No se me ocurre qué. Gracias.

—Es un placer. —Luka retrocede hacia la puerta del baño, dejándome con la bañera casi lista.

Cierra la puerta, y yo la bloqueo antes de desvestirme. Me hundo en el agua del baño y cierro el grifo antes de encender los chorros. Se siente maravilloso.

¿Debo preocuparme por despertar a toda la casa con el ruido de los chorros de la bañera?

Luka no parece preocuparse. ¿Por qué debería hacerlo yo?

Cada músculo de mi cuerpo se relaja, y mi mente acelerada finalmente puede calmarse. He estado en modo de lucha o huida desde antes de salir del apartamento.

Cierro los ojos y no estoy segura de cuánto tiempo ha pasado. El agua todavía está caliente pero no hirviendo, y la tensión en mis hombros parece haberse derretido.

Luka irrumpe por la puerta del baño. Abro la boca para gritarle que se vaya cuando me doy cuenta de que Bay está en sus brazos. Su cara está roja y manchada.

—Pesadilla —solloza y se baja de los brazos de Luka.

Después de dejarla en el suelo, él coge la toalla del mostrador del baño.

—Siento interrumpirte.

Es más caballeroso de lo que pensaba, menos por invadir el baño con Bay. Creía que había cerrado la puerta con llave, pero debe haber usado una llave para abrirla.

—Ya había terminado —digo. Había pasado suficiente tiempo empapada en el agua.

Cogiendo la toalla de sus manos, le hago un gesto para que se dé la vuelta.

Me envuelvo con la esponjosa toalla blanca y desenchufo la bañera.

Luka no abandona el baño. Aunque el espacio no está abarrotado, su presencia lo hace sentir más pequeño.

—¿Te importa darme algo de privacidad? —pregunto. No estoy preparada para que me vea desnuda.

—Claro, estaré justo al otro lado de esa puerta. —Luka sale del baño y cierra silenciosamente la puerta tras de sí.

—Mamá —se queja Bay, y me agacho, la abrazo y le doy un beso. Estoy tratando de no mojar su pijama, pero a ella no le importa.

Me seco lo más rápido posible y me pongo la ropa de antes, antes de levantar a Bay en mis brazos mientras salimos del baño.

Luka está sentado al borde de la cama.

—No sabía qué hacer con ella.

—¿Cómo supiste que tenía una pesadilla? —Bay estaba dormida en el segundo piso. Juro que si bajó y la despertó para poder echarme un vistazo en el baño, lo mataré.

—Se salió de la cama y empezó a llorar en el pasillo. Uno de los guardias, Nikita, la encontró, y cuando no pudo localizarte, vino a llamar a mi puerta.

Bay apoya su cabeza en mi hombro y esconde sus manos contra mi pecho mientras se acurruca contra mí. Estoy haciendo todo lo posible para mantener mi voz tranquila. No quiero asustar a Bay. Por fin se está calmando y con suerte está a punto de volver a dormirse.

—¿Por qué haría eso? —pregunto.

—Sabe de mi relación contigo y con Bay —dice Luka.

No hay razón para ocultarlo, pero me sorprende que las noticias corran tan rápido entre los colegas de Luka.

—¿Lo sabe todo el mundo? —pregunto.

Luka se encoge de hombros.

—¿Importa acaso?

Tiene razón, no debería importar, y pronto los que no lo sepan se enterarán.

—Es tarde. Deberíamos ir a dormir. —Acaricio la espalda de Bay, y ella se remueve contra mí. Su respiración se hace más profunda, y espero que se duerma rápidamente cuando volvamos a la cama.

—¿Quieres que os acompañe a vuestra habitación?

—Creo que podemos encontrarla —digo. Me dirijo hacia la puerta del dormitorio, y Luka la abre por mí.

—Déjame llevar a Bay por las escaleras.

Por tentadora que sea la oferta, dudo que Bay esté de acuerdo, y por fin está tranquila.

—No quiero alterarla. Estaremos bien. Gracias, Luka.

Salgo de su habitación con Bay en brazos y navego con cuidado por las escaleras de vuelta a nuestro dormitorio. Meto a Bay bajo las sábanas. Inmediatamente se gira sobre su estómago, y sus ojos se cierran mientras se sumerge de nuevo en el sueño.

A mí me cuesta más quedarme dormida, pero es tarde, y en pocas horas, tendré que levantarme y estar despierta por Bay.

Amanece antes de que esté lista para afrontar el día. Bay tiene otras ideas, saltando en la cama, intentando hacerme cosquillas y asegurándose de que estoy despierta con ella.

—Vamos, hay que prepararte para el cole.

Después de ducharme y vestirme, ayudo a Bay a quitarse el pijama y le pongo un peto. Al cepillarle el pelo, se lo recojo en dos coletas para evitar que se le enrede.

Cuando terminamos de prepararnos, bajamos rápidamente, y la subo al taburete para que se siente en la barra a desayunar.

—¿Buscas algo? —pregunta Luka.

No oí entrar a Luka en la cocina. Le echo un vistazo. Ya está vestido con un elegante traje negro y corbata, con una camisa blanca impecable debajo.

—Cereales. Yogur. Avena. Algo para alimentar a Bay —digo, esperando que tenga al menos uno de esos productos en la nevera o la despensa.

—Hay masa para tortitas. También hay huevos y bacon en la nevera.

Bay arruga la nariz y saca la lengua. Ninguna de esas opciones le resulta apetecible a mi hija. Es increíblemente exigente, y no importa cuántos alimentos diferentes la anime a probar; siempre se aferra a los mismos.

—Podemos pasar por el supermercado esta mañana de camino a tu apartamento y comprar algo que ella coma —dice Luka.

—Tengo que dejarla en la guardería antes de ir al apartamento.

Luka avanza más en la cocina, pasando la isla y la barra. Abre la nevera y coge una botella de zumo de naranja.

—¿Te gusta esto? —pregunta, agitando la botella y mirando a Bay.

Ella asiente enérgicamente, con una enorme sonrisa extendiéndose por su cara.

—No suele tomar zumo muy a menudo —digo.

—¿Qué madre no le da zumo de naranja a su hija? —pregunta Luka.

Me cruzo de brazos.

—¿Estás cuestionando mis decisiones como madre? —Hace un fin de semana que sabe que es padre, ¿y ya cree que sabe lo que es mejor para mi hija?

Con la botella de zumo en una mano, Luka levanta los brazos en señal de rendición.

—No pretendía que esto fuera una pelea.

Busco a tientas en los armarios, tratando de encontrar vasos. Después de abrir el cuarto armario, alcanzo el vaso de zumo más pequeño y lo coloco en la barra.

—¿Es para ti o para Bay? —pregunta Luka.

—Para Bay —digo.

Llena el vaso hasta la mitad antes de deslizar el zumo de naranja por la barra.

—¿Puedo usar tu teléfono antes de ir al apartamento? —pregunto.

—Depende de a quién planees llamar.

¿Cree que me pondría en contacto con Mark? No dormí lo suficiente anoche. Estoy haciendo todo lo posible por no discutir con Luka, pero esta mañana todo parece sacarme de quicio.

—A mi jefa. Perdí el turno de ayer y me gustaría explicarle lo que está pasando. Habría ido esta mañana a hablar con ella, pero probablemente debería coger algunas cosas del apartamento.

—¿Qué necesitas de tu casa? Yo lo recogeré por ti —dice Luka.

—No es necesario. Puedo pasar después de dejar a Bay en el cole.

Luka saca su móvil del bolsillo y desbloquea el dispositivo antes de entregármelo.

—Vigilaré a Bay mientras hablas con tu jefa.

—Gracias —digo, tomando el teléfono de su mano. Salgo de la cocina y marco el número de teléfono del trabajo. Me acerco el teléfono a la oreja, y justo cuando llego al pasillo, la voz de Bay se extiende por toda la habitación.

—¿Eres mi papá? —pregunta Bay.

Miro por encima del hombro mientras Bay mira fijamente a Luka y oigo un áspero «¿Hola?» en el otro extremo del teléfono.

CAPÍTULO CATORCE

LUKA

Bay acaba de preguntarme si soy su padre.

Hannah tiene un timing impecable. Está hablando por teléfono con su jefe, o fingiendo hacerlo, justo en el momento en que oye la voz de Bay.

—Sí —digo. No tengo intención de mentirle a Bay. No fue mi decisión no estar involucrado en su vida desde el principio.

Ella se lleva el vaso de zumo a los labios con ambas manos y termina la bebida

—¿Más zumo?

—¿Tu mamá te deja tomar más zumo? —pregunto.

Los labios de Bay se cierran, pero su sonrisa se hace más amplia mientras levanta la barbilla hacia mí. Supongo que eso es un no.

—¿Por favor?

Relleno el vaso de Bay hasta la mitad con zumo de naranja. Es mejor que tener que hablar sobre ser su padre biológico. Esa es una conversación en la que Hannah debe participar cuando sea el momento adecuado.

Bay se lleva el vaso a los labios con ambas manos y sorbe su zumo de naranja. Hannah regresa a la cocina como una ráfaga y me devuelve el móvil.

—¿Todo bien con el trabajo?

—Sí, tengo que ir más tarde para cubrir un turno. ¿Podrías pasar por la guardería y recoger a Bay? —Hannah se muerde el labio inferior.

¿Está nerviosa por pedirme que cuide de Bay?

—Creo que puedo hacerlo —digo—. Suponiendo que la escuela me permita llevarla a casa.

—Me aseguraré de añadirte a la lista de recogida cuando la deje esta mañana.

—Y de eliminar a Mark de esa lista.

No quiero que aparezca y secuestre a Bay. El hombre ya está desequilibrado. No me extrañaría que aprovechara cualquier oportunidad para llegar a Hannah y hacerle daño.

Bay termina su vaso de zumo de naranja, y los tres nos dirigimos al coche. Hay un asiento elevador extra en el garaje de los hijos de la hermana de Mikhail, los gemelos que vivían en el complejo.

Agarro el elevador y lo aseguro en el asiento trasero antes de que Bay se suba al coche.

—¿Tienes un asiento elevador de repuesto por casualidad? —La frente de Hannah está tensa y se cruza de brazos.

—Como los juguetes que le di a Bay el otro día, el asiento elevador era para el sobrino y la sobrina de Mikhail. Antes había gemelos correteando por los pasillos.

Hannah sonríe débilmente.

—No me lo hubiera imaginado. Aunque la casa parece más a prueba de niños de lo que hubiera pensado. —Se sube al asiento del copiloto una vez que está satisfecha de que Bay está bien abrochada en el asiento elevador.

El coche tiene botón de arranque, y enciendo el motor, esperando a que Hannah se abroche el cinturón.

—¿Quieres que pasemos por el supermercado para comprar algunas cosas para el desayuno ahora, o tenemos tiempo de ir a desayunar fuera? —No sé a qué hora tiene que estar Bay en la guardería.

—Mejor paramos en el supermercado y entro yo rápido —dice Hannah.

No me entusiasma que vaya a ningún sitio sola, pero dudo que Mark esté allí. Ya he comentado mis planes con Mikhail, tomarme el día para ayudar a Hannah. Estuvo de acuerdo, especialmente después de lo de anoche y la aparición de Mark en el complejo.

Salgo por las puertas y me incorporo a la carretera principal, asegurándome de que nadie nos sigue.

—¿Estás seguro de que no estará en la casa? —pregunta Hannah, mirándome mientras me dirijo al supermercado.

Juguetea con sus manos. Puedo notar que está ansiosa, y aunque intenta aparentar que está tranquila y serena por Bay, veo perfectamente a través de su charada.

—Si está allí, no se quedará mucho tiempo. —Tengo una pistola de repuesto en la guantera. No voy armado. Lo último que quiero es que Hannah haga preguntas y empiece a temer a lo que me dedico.

Además, no pienso dejar sola a Hannah hasta que la deje en el trabajo, e incluso sin arma, puedo encargarme del culo de Mark con una sola mano.

—Espero que tengas razón —susurra Hannah. Mira por la ventanilla lateral y emite un suave suspiro.

—¿Quieres quedarte en el coche mientras voy al supermercado?

Sonríe débilmente y niega con la cabeza.

—No es necesario. Seré rápida. Entro y salgo en unos minutos.

Habría pedido a uno de los otros guardias de Mikhail que viniera con nosotros si estuviera preocupado, pero Hannah estará bien.

No dejo de mirar por el retrovisor. Hay tráfico pero ningún vehículo nos sigue. También ayuda que haya tirado la tarjeta SIM del teléfono de Hannah, porque estoy seguro de que así es como Mark la localizó anoche.

Me detengo frente a la tienda y desbloqueo el vehículo. Hannah sale rápidamente y entra directamente por las puertas automáticas.

En menos de cinco minutos, está de vuelta con dos bolsas de plástico de comestibles.

—¿Todo eso para el desayuno? —pregunto mientras sube de nuevo al coche.

—Bay va a necesitar llevar un almuerzo en bolsa a la guardería. Y también le daré de desayunar cuando llegue allí, para que no se tire el yogur por encima y lo manche todo en tu coche.

Me río entre dientes.

—El coche se puede limpiar a fondo. No es gran cosa. ¿A qué hora la recojo?

Hannah agarra el cinturón de seguridad y lo tira sobre su pecho, abrochando la hebilla en el cierre.

—La recogida es a las 14:30.

—Me aseguraré de estar allí temprano. Relájate —digo y extiendo la mano, apoyándola en su brazo—. Puedo encargarme de cuidar a mi hija.

Hannah inhala bruscamente.

—¿Qué? —pregunto.

Ella mira hacia atrás a Bay, que no parece mostrar el más mínimo interés en nuestra conversación.

—¿Qué dijiste cuando te preguntó si eras su...?

—¿Papá? —repito la observación anterior de Bay—. Que sí. No iba a mentirle a mi hija, pero tampoco entré en explicaciones al respecto.

—Vale, bien. —Los hombros de Hannah se relajan.

Me alejo del supermercado, y Hannah me da indicaciones para llegar a la guardería. Está al otro lado de la ciudad, en dirección opuesta al complejo.

El tráfico es denso, y cuando finalmente llegamos, los tres entramos juntos. Quiero asegurarme de que sepan quién soy y me reconozcan más tarde cuando sea hora de recoger a Bay esta tarde.

Después de que Hannah rellene el papeleo y haga actualizaciones, incluyendo eliminar a Mark de la lista, nos dirigimos afuera.

Le doy un codazo mientras caminamos, rozándola.

—Tengo que preguntar, ¿este lugar es especial?

—¿Qué quieres decir? —Hannah deja de caminar y se gira para mirarme.

—La guardería está al otro lado de la ciudad. El barrio es agradable, pero hay lugares más cercanos donde podríamos inscribir a Bay.

—¿Quieres cambiar de guardería porque te resulta inconveniente dejarla? —Hannah sacude la cabeza y pasa bruscamente junto a mí, dirigiéndose al coche —. No te preocupes. No tendrás que dejarla ni recogerla de nuevo después de hoy.

—Hannah, eso no es justo. —¿No se da cuenta de que si van a vivir conmigo en el complejo, este lugar es un fastidio para llegar? Hay muchas otras guarderías cerca. Puedo contar cuatro por las que pasamos de camino.

Ella sube al asiento delantero y cierra la puerta de golpe. Rodeo el coche y abro la puerta del lado del conductor. Arranco el motor pero no pongo el coche en marcha atrás para salir del espacio todavía.

—¿Por qué estamos discutiendo?

—Quieres cambiar la guardería de Bay. Ella está feliz aquí. Tiene amigos y dudo que esté emocionada por empezar en una escuela nueva.

—¿Es de eso de lo que se trata? Porque cruzaré la ciudad y la dejaré si eso es lo mejor para mi hija.

Hannah cruza los brazos sobre su pecho. Se mueve en su asiento. Aunque está callada, siempre parece bastante inquieta. Como si estuviera conteniendo algo.

—Dime, *Zaya*, ¿qué pasa? —No puedo ayudarla si no sé qué está pasando.

—No puedo permitirme otras guarderías.

—No tienes que preocuparte por las finanzas respecto a Bay. También es mi hija, y tengo toda la intención de ayudar. Déjame preocuparme por pagar su educación.

A Hannah se le cae la mandíbula.

—No estoy pidiendo caridad.

—No te preocupes. No te la estaba dando. —Estoy cansado de pelear con ella. Centro mi atención en el aparcamiento y pongo el coche en marcha atrás, saliendo del espacio. Ella permanece en silencio durante el resto del trayecto, los quince minutos completos. Habría sido menos si el tráfico no hubiera sido tan denso para ser lunes. Me detengo frente a su edificio y aparco el coche en paralelo en un espacio.

—No tienes que entrar conmigo —dice Hannah.

Puede que no quiera que entre, pero no voy a dejarla subir sola. Mark podría estar esperándola.

¿Es por eso que está de mal humor? ¿Está preocupada de poder encontrarse cara a cara con él?

—Lo sé, pero quiero asegurarme de que es seguro y que él no está arriba esperándote. —Acompaño a Hannah al interior.

Un pesado silencio cae sobre nosotros mientras nos metemos en el ascensor. No es incómodo como el sofocante viaje en coche. Una vez que llegamos al tercer piso, ella saca sus llaves de casa, jugueteando con ellas en el camino hacia arriba. Mientras nos acercamos a su puerta, mantengo la voz baja.

—Abre, pero quiero que te quedes aquí mientras me aseguro de que él no está en ninguna parte dentro.

La voz de Hannah tiembla mientras habla.

—No seas ridículo. —Probablemente está tratando de convencerse a sí misma de que todo está bien. Y lo estará si sigue mis instrucciones.

Desliza la llave en la cerradura pero se hace a un lado para dejarme entrar. Giro el picaporte y entro en el apartamento. Las luces están apagadas, y las dejo así, no queriendo alertar a nadie de mi presencia.

Registro cada habitación, armario, e incluso detrás de la cortina del baño. No hay señal de Mark ni de nadie más. Sin embargo, hay un sobre rojo en la cama. En marcador negro con letra cursiva, el sobre dice *Hannah*.

Agarro el sobre y meto su contenido en el bolsillo de mi chaqueta. Si es una carta amenazante, no quiero disgustarla dejando que la lea. Y si no lo es y es una disculpa, dudo que ese cabrón la sienta de verdad. Probablemente solo esté intentando engatusarla para volver a ganarse su corazón. De cualquier manera, la carta son malas noticias. Ella nunca tiene que verla. Además, juré protegerla de ese perdedor.

—Está despejado —digo, esperando a que Hannah entre.

Hannah entra en el recibidor del apartamento y enciende la luz.

—Sus cosas siguen aquí —dice con un suspiro.

Saco el móvil de mi bolsillo.

—¿Has hecho fotos por si daña el lugar? —Mi primo pasó por un divorcio desagradable, y recuerdo que su abogado le advirtió que documentara todo.

—Ni siquiera lo pensé —dice Hannah.

Está callada, reservada, y se dirige con precisión por el pasillo, pasando la sala de estar, directamente hacia el dormitorio.

—¿Quieres ayuda? —ofrezco, sin querer entrometerme. Ella coge una bolsa de deporte de debajo de la cama y la abre.

—Claro, coge algo de mi ropa de la cómoda.

Ya tenía una maleta en el complejo, pero tampoco había planeado quedarse indefinidamente conmigo cuando la hizo. Me sorprende que tuviera tiempo para hacer la maleta, pero estoy seguro de que no dobló la ropa cuidadosamente. Probablemente metió todo lo que pudo lo más rápido posible.

Abro el cajón superior e intento no quedarme mirando las bragas y sujetadores de encaje. Hay mucho que llevar al otro lado de la habitación, y sería más fácil simplemente sacar el cajón de la cómoda. Saco el cajón de su carril y llevo el contenido a la bolsa de deporte, vertiendo toda su sexy ropa interior dentro.

Hannah está junto al armario, sacando su ropa de las perchas, una a una. Me mira por encima del hombro y levanta una ceja.

—¿Te da terror tocar mis bragas?

—No. —No pensé que quisiera que tocara su ropa interior. Meto la mano en su bolsa de deporte y saco un tanga negro de encaje con el puño—. ¿Tengo pinta de tener problemas tocando tus bragas? Que sepas que preferiría tocar las que llevas puestas que las limpias cualquier día.

Sus mejillas arden, y vuelve a mirar al armario, evitando el contacto visual conmigo.

—Puedes volver a meterlas en la bolsa.

Suelto mi agarre y dejo que sus bragas caigan de nuevo en la bolsa de deporte.

—Claro. Lo que quieras, *Zaya.* —Antes de vaciar el siguiente cajón, devuelvo el cajón a la cómoda y lo deslizo en su carril.

Hacemos varios viajes a mi coche en menos de una hora, cargándolo con ropa tanto para Hannah como para Bay, junto con varias bolsas de basura llenas de juguetes de Bay. Si hubiera sabido que andaba escasa de equipaje, habría traído varias bolsas y conseguido algunas cajas.

—¿Algo más? —pregunto. Su apartamento está muy amueblado, pero puedo trabajar con algunos de nuestros hombres para transportar sus pertenencias al complejo o a un almacén. Eso puede esperar a otro día. El objetivo es conseguir todo lo que necesita o pueda necesitar en un futuro próximo.

Hannah se dirige a la sala de estar hacia la mesa de café. Se inclina y abre el cajón, sacando un álbum de fotos con una pequeña huella de mano en la portada. Deben ser fotos de cuando Bay era bebé.

—Sí, ahora estoy lista.

Al salir del apartamento, Hannah coge las llaves de su coche, y bajamos juntos.

—Voy a seguirte al trabajo. Solo para asegurarme de que Mark no está allí cuando llegues.

—Luka, eso es un poco exagerado. ¿No crees? Estaré bien. El centro médico tiene seguridad, y él ni siquiera sabe que trabajo esta tarde. No es mi turno habitual.

—Bien, voy a ir a la cafetería que está a una manzana del centro médico.

—Hay muchas otras cafeterías más cercanas —Hannah desbloquea la puerta de su coche y sale a la calle. Ha aparcado a unos coches de distancia del mío.

Espero hasta que esté en su coche antes de caminar hacia el mío.

—Sí, pero allí tienen los mejores biscotti —digo. Nunca he probado los biscotti, pero joder, no voy a perderla de vista hasta que sepa que está a salvo.

Si supiera dónde está Mark ahora mismo, no estaría tan preocupado. Y aunque se supone que está en el trabajo, me preocupa que esté desquiciado y vaya a hacerle algo a Hannah.

CAPÍTULO QUINCE

HANNAH

—Me siguió hasta el trabajo —digo, explicándole a Madisyn cómo ha ido mi mañana.

Está cubriendo un turno doble, lo que es un fastidio para ella, pero agradezco tener su compañía y alguien con quien hablar cuando tengo tiempo.

—Es protector —dice Madisyn—. No es necesariamente un rasgo malo. Solo quiere asegurarse de que estés a salvo.

—Y seguirme hasta el trabajo es excesivo. —¿No se da cuenta de que tiene vibras de acosador por todas partes?—. Es una enorme *red flag*.

—Pues, rompe con él. —Madisyn me mira mientras teclea en el ordenador de la estación de enfermería.

—No estamos saliendo —digo—. ¿Cómo funcionaría eso? —Cojo mi taza de café y doy un sorbo. No es ni de lejos tan bueno como el café de la cafetería calle abajo, pero no había ninguna posibilidad de que me detuviera allí mientras Luka me seguía al trabajo.

Hago una mueca, el café está amargo y ardiendo.

—Dímelo tú, eres la que tuvo a su hijo —dice Madisyn—. Escucha, entiendo que la situación es única. Ambos necesitáis encontrar un equilibrio, determinar lo que cada uno quiere, y partir de ahí.

—¿Es malo que le desee? —murmuro en mi taza.

Madisyn se ríe, aparentemente escuchando mi comentario.

Mierda.

—Pues díselo —dice Madisyn—. Es un tipo complicado, y hay mucho que no sabes sobre Luka, pero dale una oportunidad. Solo reconoce que es protector. Y no siempre es un defecto como rasgo de carácter. Ese hombre daría su vida por Bay y por ti.

—No le estoy pidiendo que dé su vida por nosotros —digo.

—Sí, pero si vas a involucrarte con Luka, aunque solo sea como copadres, debes darte cuenta del tipo de hombre que es y lo que haría por su familia.

¿No podría haberme contado sobre su naturaleza sobreprotectora antes de presentarnos? Aunque en su defensa, encontrarme con él en el bar no era parte del plan.

—¿Sabes que todavía recuerdo aquella noche, cuando los dos concebimos a Bay?

—¡Esperaría que recordaras haber dormido con él! —Madisyn suelta una risita, sin entender del todo.

—Todavía pienso en ello. En él. Probablemente sea porque es el padre biológico de Bay, y estoy unida a él para siempre.

Madisyn cambia de posición en la silla, cruza los brazos sobre el pecho y me lanza una mirada significativa.

—¿Para siempre? Dieciocho años, probablemente quince ahora.

¿Se supone que eso debe hacerme sentir mejor sobre la situación?

—Luka no es como ningún otro hombre con quien hayas salido. Es completamente lo opuesto a Mark, quien nunca me cayó bien, si soy sincera. Deberías darle una oportunidad a Luka.

—¿Quieres decir que Luka es un buen tipo? —Tomo otro trago de mi café y hago una mueca—. Necesita más azúcar.

Tose y gira la silla hacia su ordenador.

—Tengo mucho que hacer hoy. ¿Hablamos luego?

—Sí, por supuesto. —¿Me está dando largas o está ocupada con el trabajo?

No puedo saberlo, pero el hecho de que tenga que hacer un turno doble me hace pensar que no soy yo.

Doblo la esquina del pasillo y choco de frente con Mark.

—¿Qué haces aquí? —Mi estómago se tensa, y doy un paso atrás, recorriendo el pasillo en busca de

Madisyn o cualquier otra persona en caso de que sea necesario.

No confío en Mark, y aunque estamos en un edificio público con mucha seguridad, no debería estar aquí.

—¿Recibiste mi carta? Necesitamos hablar —dice Mark. Me agarra del brazo, clavando sus dedos con fuerza en mi piel.

—Suéltame. —Aprieto los dientes y libero mi brazo de sus garras. ¿De qué demonios está hablando?—. ¿Qué carta?

—Es sobre tu nuevo novio. Con el que estás jugando a las casitas —dice Mark.

—No quiero oírlo. —La salida más cercana está detrás de él, lo que no me ayuda. Me apresuro en dirección opuesta, a través del largo corredor, pasando por varias habitaciones de pacientes. Lo último que quiero es poner en peligro la vida de uno de ellos buscando refugio allí.

Las pisadas de Mark resuenan en el suelo de linóleo mientras me persigue, agarrándome por la camisa y haciéndome girar para enfrentarlo.

—Ya he tenido suficiente de tus juegos y payasadas, Hannah. Vienes conmigo.

Le piso el pie con fuerza y le doy un rodillazo en la entrepierna.

—¡No voy a ningún sitio contigo!

Es suficiente para sobresaltarlo, y me suelta.

Madisyn sale corriendo al pasillo desde la esquina.

—¡Lárgate de aquí! —le grita a Mark—. Ya he avisado a seguridad. Presentaremos cargos y haremos que te detengan si te quedas por aquí.

Mark da un paso atrás, pareciendo entender el mensaje. Levanta las manos en falsa rendición.

—Ya hablaremos más tarde, Hannah.

—¡No! —Le fulmino con la mirada y señalo hacia la puerta, furiosa—. No quiero volver a verte jamás. —Mis manos se cierran en puños a los costados. La adrenalina bombea por mis venas mientras él se retira hacia el ascensor, con los hombros caídos.

Está fingiendo sentirse derrotado. Puedo sentir el engaño desde el otro lado del pasillo. Es una actuación. Quizás Mark debería haber elegido otra profesión. Su personaje ficticio es bueno. Creí que era otra persona todo este tiempo. Me engañó por completo.

Madisyn persigue a Mark, asegurándose de que tome el ascensor hacia abajo. Cuando está satisfecha de que se ha marchado, camina hacia mí.

—¿Estás bien? —me pregunta, examinándome—. ¿Te ha hecho daño?

Me froto el brazo.

—Estaré bien. Solo un poco dolorida por su agarre.

—Deberías presentar una denuncia —dice Madisyn mientras me levanta la manga más arriba. Sus dedos han dejado una marca roja que probablemente se convertirá en un moratón.

—Está bien. ¿Qué van a poder hacer? Necesito volver al trabajo. Todavía tengo pacientes que atender.

—Hannah —me llama Madisyn.

La ignoro. Ya es bastante malo que tenga que enfrentarme a ella en casa, y estoy segura de que se lo contará a Luka, y si no, Mikhail ciertamente lo hará cuando ella le cuente lo sucedido.

Confío en Madisyn, pero no para guardar un secreto sobre Mark.

Me quedan unas pocas horas hasta que termine mi turno. Mirando el reloj en la pared, Luka ya debería haber recogido a Bay de la guardería. No he escuchado ni una palabra de la escuela o de Luka.

Madisyn se acerca a mí, mirando mi brazo. Mi manga hace un trabajo decente ocultando el moratón que Mark dejó.

—Me voy ya.

—¿No ibas a hacer turno doble? —pregunto.

Madisyn ya se ha cambiado y quitado el uniforme de trabajo. Tiene el bolso colgado del hombro.

—Iba a hacerlo, pero me han llamado al despacho del director —dice con una sonrisa pícara.

—Nunca supe que eso fuera algo bueno. —La sonrisa en su rostro es de las más genuinas que he visto, pero no logro determinar por qué siempre es tan condenadamente críptica conmigo. He renunciado a intentar entender su vida y lo que trama. Si quiere confiar en mí, lo hará.

Madisyn pone una mano sobre su vientre.

—Han adelantado mi cita médica. Mikhail me llevará a casa después.

—¿Está todo bien?

—Está bien. ¿Seguro que estás bien aquí? ¿Quieres que le pida a Mikhail que envíe a uno de sus hombres para vigilar la planta?

La sonrisa desaparece de mi rostro.

—¿Como un guardaespaldas? —Eso suena horrible y vergonzoso—. No necesito una niñera.

—No es para ti. Es para asegurarnos de que Mark no vuelva —dice Madisyn. Se dirige hacia el ascensor, y yo camino con ella por el pasillo. De todos modos, voy en esa dirección, hacia la estación de enfermería.

¿Debería preocuparme?

—¿Te parece que esta es la cara de alguien que está preocupada?

Madisyn pulsa el botón del ascensor. Me mira por encima del hombro.

—Eres fuerte, lo entiendo, pero Mark no va a simplemente marcharse. He tratado con hombres como él antes.

—Me estoy quedando con Luka. Estaré bien.

Su ceño se tensa y una mueca cruza su rostro.

—Me preocupa que eso no sea suficiente. Hablaré con Mikhail...

—Por favor, no lo hagas. —Me coloco detrás de la estación de enfermería. Quiero que esta conversación termine. ¿Puede subirse ya al ascensor y marcharse?

—De acuerdo, pero tienes que contarle a Luka que Mark ha venido esta noche.

Esa es una conversación que no me apetece tener con Luka.

—Lo haré, pero déjame terminar el trabajo primero.

Las puertas del ascensor se abren y Madisyn entra. Me siento aliviada de que se vaya. Me doy cuenta de que solo intenta ayudar, pero me está poniendo de los nervios. ¿Fue mala idea mudarme con ellos?

Además, ¿cuántos adultos viven con su jefe? Todavía no logro entender del todo la situación, aparte de que Mikhail debe ser una persona muy rica y siempre requiere mucha seguridad.

Pero incluso los multimillonarios permiten que sus empleados se vayan a casa. ¿No es así?

CAPÍTULO DIECISÉIS

LUKA

Recoger a Bay de la guardería es más fácil de lo que imaginaba. La llevo de vuelta al complejo y la traigo al despacho con la caja de juguetes.

Uno de los guardias, Anton, me ayuda a descargar las pertenencias de Hannah de mi coche. La mayoría se suben a su habitación, excepto una de las bolsas de juguetes. Le pido a Anton que la traiga al despacho para Bay.

La luz del techo es demasiado intensa, así que atenúo las luces y me siento en el sofá mientras vigilo a Bay. No puedo esperar que Mikhail o cualquier otro guardia cuide de Bay, ni querría que lo hicieran. Es mi hija. Quiero tomarme el tiempo para conocerla.

Bay se deja caer junto a la chimenea. Está apagada pero a ella no parece importarle. Coge el camión de bomberos y el coche de policía de la caja y los hace rodar por el suelo. Una caja entera de juguetes y la niña se ha aferrado a dos objetos. Deben ser sus favoritos. O le gustan los coches de juguete.

Parece que ha pasado una eternidad desde que unos pequeños pies correteaban por el complejo. No hace tanto tiempo que Aleksandra residía bajo el techo de Mikhail con los gemelos, Sophia y Liam.

Se suponía que yo debía casarme con Aleksandra, protegerla, mudarme a Rusia para mantenerla a ella y a los gemelos a salvo. Todo había sido bajo las órdenes de Mikhail, pero a pesar de que nos conocíamos bien, nunca deseé a Aleksandra. Yo solo sigo órdenes, específicamente las de Mikhail Barinov.

El recuerdo no es para los débiles. Mi estómago se tensa al recordar lo que le hice a Aleksandra, el dolor que le causé. Ella traicionó a la familia y terminó casándose con un Don italiano.

Probablemente fue para fastidiar a Mikhail, y funcionó.

Espero que sea feliz ahora que tiene la vida que siempre quiso. Si me hubiera casado con ella, nunca habría sabido de mi hija, Bay. Habría estado en Rusia dirigiendo la bratva, dando órdenes a nuestros hombres.

Es curioso cómo el destino tiene una manera de revelarse. Casarme con ella nos habría hecho daño a ambos, pero lo habría hecho por Mikhail.

Soy un príncipe de las tinieblas, no un héroe.

Hannah no tiene idea del submundo o de lo que nos involucramos a diario. Se mantiene ciega sobre el lavado de dinero que ocurre bajo nuestro techo, los asesinos y contrabandistas. Nuestros hombres, los soldados que trabajan para Mikhail, se encargan de todo, desde papeles ilegales hasta limpiar los cuerpos de nuestros enemigos.

—Papi. —La dulce voz de Bay sacude mi atención.

Se me seca la boca con esa simple palabra.

—¿Sí, tigresa? —pregunto y me inclino hacia delante, con las manos juntas sobre mi regazo.

Ella se levanta y se acerca a mí en el sofá.

—Hambre. Hora de la merienda.

Hannah no había mencionado nada sobre darle una merienda o alimentarla. Aunque Bay tendrá que cenar, Hannah no volverá hasta cerca de la hora de acostarse.

—¿Qué te gusta comer? —le pregunto.

¿Por qué tengo la sensación de que todo lo que enumere no lo tenemos en la despensa o la nevera?

—Pudín de chocolate, pastel de chocolate, helado de chocolate.

—Estoy notando un patrón —digo y siento a Bay en mi regazo—. Déjame adivinar, ¿tu comida favorita es el chocolate?

Bay asiente con entusiasmo. Sus ojos azules brillan intensamente hacia mí.

—¿Tu mamá te deja comer todas esas cosas antes de cenar?

La pequeñaja arruga la nariz y se ríe.

—¿Por favor?

Si no fuera mi hija, probablemente no cedería tan rápido, pero vaya, esa sonrisa y esos grandes ojos azules de bebé.

—Vamos, veamos qué podemos encontrar en la cocina —digo.

La levanto del sofá y la llevo en mi cadera fuera del despacho hacia la cocina.

—Papi, chocolate.

Bay no es nada tímida a la hora de decir lo que quiere. Apuesto a que lo ha sacado de su madre.

—¿Y tu mamá no se enfadará si tomas chocolate antes de cenar? —pregunto.

Son casi las cuatro de la tarde, y pronto tendremos que averiguar qué comer para cenar. No estoy seguro de qué come la niña, pero estoy seguro de que me dirá lo que no come.

No es solo el parecido con Hannah lo que resulta increíble. Todo, desde sus expresiones y gestos hasta los ojos azul cielo y el cabello castaño. Parece un clon de su madre.

Pero cuanto más miro a Bay, veo partes de mí en ella, específicamente su determinación. No es que yo sea quisquilloso con la comida, pero sé lo que quiero y no dejo que nadie se interponga en mi camino. Tengo la sensación de que Bay crecerá y se parecerá mucho a mí. Aunque para ser sincero, no estoy seguro de si eso es bueno o malo.

Buscamos por la cocina y encuentro media docena de galletas con pepitas de chocolate en la despensa. Permito que Bay coja una y espero que sea suficiente hasta la cena. La tengo sentada en el borde de la encimera mientras me pongo delante de ella para asegurarme de que no se caiga.

—Leche —dice mientras agita la galleta frente a mi cara.

—No te muevas —le advierto y me doy la vuelta para coger el cartón de leche de la nevera.

No se mueve ni un centímetro. Al menos la niña sabe escuchar.

Le sirvo un vaso de leche y lo llevo a la encimera. Ella moja la galleta en la leche antes de darle un mordisco, dejando migas por todas partes.

—Se supone que eso se hace con Oreos —digo.

Sus ojos se iluminan y su boca se abre. Ya puedo intuir su siguiente pregunta.

—No quedan.

Los hombros de Bay se hunden mientras mordisquea su galleta, mojándola en el vaso de leche antes de dar otro bocado.

—¡Aquí estás! —Mikhail irrumpe en la cocina con Madisyn justo detrás. Esos dos han sido inseparables desde que ella se abrió paso a la fuerza en el complejo.

—¿Qué ocurre? —pregunto, mirando alternativamente a ambos mientras Madisyn se coloca junto a Mikhail, con los brazos cruzados sobre el pecho.

—Mark decidió aparecer esta tarde en el trabajo.

La ira me invade.

—¿Qué? —Agarro a Bay y la coloco en el suelo.

Ella alarga el brazo hacia la encimera, queriendo su vaso de leche.

—Toma —digo y le entrego el vaso mientras termina su última galleta.

—Le echamos, pero me preocupa que pueda esperar a que ella salga —dice Madisyn.

—¿Puedes vigilar a Bay? Necesito ir al hospital —digo. Su turno no termina hasta dentro de varias horas, pero no debería estar sola. Si Mark aparece, debería haber alguien cuidándole las espaldas.

—Por supuesto —dice Madisyn mientras pasa a mi lado.

Bay deja caer su vaso de leche, el contenido se derrama y el cristal se hace añicos en el suelo. A la pequeña se le llenan los ojos de lágrimas y hace un puchero con el labio inferior.

—Lo siento. —Sorbe por la nariz y sus manos tiemblan.

—No pasa nada. Yo limpiaré esto —dice Madisyn. Levanta a Bay del suelo y la coloca en la encimera.

—¿Estás segura? —Me debato entre ayudar con Bay y cuidar de Hannah. No puedo estar en dos sitios a la vez.

—Sí. ¡Ve! Será una buena práctica —dice Madisyn. Nos echa de la cocina mientras limpia los trozos de cristal roto del suelo.

—Voy contigo —dice Mikhail, mirando su teléfono.

—¿Qué pasa? —Nos dirigimos al garaje y cojo las llaves del SUV. Tenemos una docena de vehículos que usamos cuando surge la necesidad: desde camionetas y SUVs hasta coches deportivos y berlinas.

Las llaves del SUV negro medianoche cuelgan de la pared. Pulso el botón para abrir el garaje y agarro las llaves antes de dirigirme a la puerta del conductor.

—Hice que Anton pusiera vigilancia en el piso de Hannah después de que vosotros dos os fuerais esta tarde. Mark está allí ahora mismo. ¿Qué tal si le hacemos una visita? —sugiere Mikhail.

—Esperemos que Mark esté recogiendo sus cosas y largándose de la ciudad —murmuro.

Abro la puerta delantera de un tirón y me subo al asiento antes de arrancar el motor. Mikhail tira del cinturón de seguridad sobre su regazo y lo abrocha.

—Solo hay una manera de averiguarlo.

Pongo el SUV en marcha y aprieto el volante mientras salgo del garaje y bajo por el camino de entrada hacia las puertas metálicas.

El guardia de servicio abre la verja al vernos acercar. Mikhail hace un breve gesto con la cabeza al caballero que trabaja en la entrada principal.

—¿Cómo vamos a hacer esto? —pregunto.

La calle frente al complejo es residencial, la zona no está demasiado congestionada, pero a medida que nos adentramos en la ciudad y nos acercamos al edificio de apartamentos, queda claro que es hora punta.

Mikhail coge su teléfono y abre la aplicación para comprobar a Mark.

—Todavía está allí. —Mikhail resopla.

—¿Qué?

—El cabrón ni siquiera está haciendo las maletas. Está en el salón viendo la televisión.

Miro a Mikhail.

—¿Y cómo sabes eso?

—Hay cámaras instaladas tanto en el pasillo como en las zonas comunes —dice Mikhail mientras levanta su teléfono, mostrándome la pantalla. Hay media docena de vistas con diferentes ángulos y cámaras de vigilancia monitorizando su apartamento.

—Es bueno que Hannah ya no viva allí —digo. Estaría furiosa si descubriera que Mikhail ha instalado equipos de vigilancia dentro de su apartamento.

No tiene por qué enterarse.

Además, no va a volver a su apartamento. No hay razón para que viva allí, y no quiero que Mark aparezca sin invitación, entrando como si fuera suyo y siguieran juntos.

El tráfico es denso y avanza lentamente. Corto a otro vehículo para cambiar de carril y hago un brusco giro a la derecha en la siguiente intersección. No soporto estar sentado en el tráfico, especialmente cuando conduzco.

—De nada, por cierto, por dejar que Hannah y tu hija vivan bajo mi techo.

¿Mikhail está buscando una tarjeta de agradecimiento?

—Te lo agradezco —digo, con voz áspera.

Me estoy concentrando en llegar al apartamento y en cómo voy a llevarme a Mark. He cogido el SUV, así que meterlo en el maletero no es la mejor opción. Podríamos darle una paliza, pero nos reconocerá y sabe dónde vivimos. No me importaría, pero parece el tipo de tío que correría a la policía suplicando protección. Ya hemos tenido suficientes problemas con los federales y no necesitamos que vengan a llamar a nuestra puerta. Puede que Mikhail haya conseguido ganarse a una de ellas y pasarla a nuestro bando, pero no es probable que haga eso con todo el departamento.

—¿De verdad no sabías que eras padre hasta este fin de semana? —pregunta Mikhail. Se mueve en su asiento, poniéndose cómodo mientras me mira.

Yo no estoy nada relajado, ¿por qué estamos teniendo esta conversación ahora?

—No sabía cómo contactarme —digo. Ya le he contado la historia. ¿Está cuestionando lo que pasó? Mi lealtad está con él.

Mikhail se acaricia la mandíbula y suelta una risita entre dientes.

—Entonces, es bueno que nunca te casaras con mi hermana. Joder. Imagina si lo hubieras hecho, menudo espectáculo habría sido. Tú en Rusia y Hannah aquí.

—¿Estás tratando de decir que te alegras de que Aleksandra se casara con un italiano? —Nunca pensé que llegaría el día en que la Bratva rusa y la Mafia italiana coexistirían. No somos amigos, pero nos mantenemos al margen. Tenemos un entendimiento.

—No llegaría tan lejos —dice Mikhail. Su mirada se endurece mientras mira por la ventana evitando mi mirada.

El tráfico avanza lentamente, y esta vez giro a la izquierda, atravesando callejones estrechos para llegar al apartamento. Hay un espacio vacío frente al edificio, y meto el SUV en el estrecho hueco. En cuanto apago el motor, salimos del vehículo y cerramos las puertas al unísono. Entramos y subimos a su piso. No tengo llave. Llamo a la puerta, y Mikhail cubre la mirilla para evitar que Mark nos vea al otro lado. Unos pasos pesados tropiezan por el suelo, y luego desbloquea la puerta sin molestarse en preguntar quién está al otro lado.

—¿No te dijimos que te largaras? —Agarro a Mark por las solapas y lo empujo hacia atrás, arrastrándolo hasta el salón, acorralándolo contra la pared. Le aprieto el antebrazo contra la garganta.

Mikhail cierra la puerta tras nosotros, asegurándose de que los vecinos no presencien el espectáculo. No estamos precisamente en buenos términos con la policía.

—¿Te gusta acosar a mujeres? —Estoy listo para destrozarlo miembro a miembro.

—¿Qué? Por supuesto que no. —Mark es enclenque y pálido. Es como una judía verde contra la pared. No haría falta mucho para partirlo por la mitad.

—¿Tienes algún arma? —pregunta Mikhail mientras mantengo a Mark contra la pared.

Lleva pantalones de chándal y una camiseta blanca. Dudo que lleve algo peligroso.

—¡No voy a responder a eso! —El labio superior de Mark se contrae, pero puedo ver el miedo en sus ojos. Está intentando hacerse el duro, y me da igual si es porque somos dos o porque está intimidado.

—Regístralo —digo, mirando a Mikhail.

Mantengo a Mark contra la pared, y Mikhail lo cachea, quedando satisfecho de que no lleve una pistola o navaja encima.

—Está limpio.

—Yo no iría tan lejos —siseo y lo arranco de la pared, obligándolo a arrodillarse.

Saco mi pistola y quito el seguro, apuntando a la cabeza de Mark.

—No tienes silenciador en esa pistola —dice Mark —. Nunca te saldrás con la tuya. ¡Se lo diré a Hannah!

—Solo me estás dando más razones para dispararte —digo.

Pero tiene razón. No hay silenciador, y los vecinos seguramente oirán el disparo y mirarán al pasillo o por la ventana.

No me gustan los testigos.

—Para cada problema hay una solución. —Mikhail saca su pistola y le coloca un silenciador que llevaba en el bolsillo de su abrigo.

—Por favor, juro que dejaré en paz a Hannah —suplica Mark. No es muy peleón. Más bien le quita la emoción a la matanza.

—Ya te advertimos una vez —digo—. Se te ordenó mantenerte alejado, recoger tus cosas e irte.

—Estaba empacando —dice Mark.

—¿Dónde están las cajas? —pregunta Mikhail. Recorre el apartamento con su pistola silenciada—. No veo ninguna caja. ¿Tú ves alguna caja, Luka?

—Todo lo que veo es un mentiroso —digo, mirando fijamente a Mark.

Mark golpea mi pierna con su brazo, usando su peso para hacerme tropezar. El imbécil decide contraatacar. Se arrastra por el suelo e intenta levantarse, alcanzando el pomo de la puerta. Derribo a Mark, estrellando su cara contra el suelo de madera, rompiéndole la nariz. El crujido de los huesos no es agradable, y la sangre brota por su cara. Mark se limpia la sangre mientras gotea, dejando un desastre que requerirá del equipo de limpieza antes de que Hannah vuelva a pisar este lugar. Mikhail observa el incidente, con la pistola aún preparada en su mano derecha.

—¿Vamos a acabar con él o dejamos que se arrastre a casa con su mamá para cenar?

Me gustaría acabar con él, meterle una bala en la cabeza y no preocuparme nunca más de que moleste a Hannah o a mi hija.

—Dame la pistola —digo, extendiendo mi mano hacia Mikhail.

—Estás demasiado cerca de Hannah —dice Mikhail —. Cuando pregunte, e inevitablemente lo hará, no puedes tener las manos manchadas con su sangre.

—¡Sí! ¡Sí! Deberíais dejarme vivir —dice Mark, con los ojos abriéndose de excitación. Se levanta sobre sus rodillas y se empuja para ponerse de pie.

—Vuelve al suelo, cabrón —le grito a Mark, derribándolo de nuevo al suelo—. Te advertí ayer que si acosabas a Hannah, te mataría. Presentarte hoy en su trabajo constituye molestarla. ¿Pensaste que era una amenaza vacía?

Le juré a Hannah que la protegería.

Esto me corresponde a mí.

Hannah es mi responsabilidad.

CAPÍTULO DIECISIETE

HANNAH

Me cambio de ropa de trabajo y me dirijo al ascensor cuando veo a Luka parado junto a la salida. Está apoyado contra la pared de ladrillos, con los brazos cruzados sobre el pecho.

—¿Qué haces aquí?

Su traje parece desarreglado, pero no estoy segura de por qué. No tiene ni un rasguño en la cara, pero podría jurar que parece como si hubiera estado en una pelea. Lo examino mientras presiono el botón de bajada del ascensor y veo sus nudillos. Magullados. Se ha peleado con alguien.

Mi estómago da un vuelco. ¿Se habrá encontrado con Mark? ¿Es por eso que no se parece a la versión perfecta de Luka que estoy acostumbrada a ver? Aunque tampoco es que lo vea a menudo, hasta esta última semana.

—Madisyn me contó lo que pasó.

¡No puedo creerlo! Le hice prometer que no le diría nada a Luka. Debería haber sabido que no se podía confiar en ella.

—¿Recogiste a Bay del cole? —pregunto. Mi corazón acelera su ritmo. Si se olvidó de recoger a Bay de la escuela, la oficina debería haberme llamado e informado hace horas. Nadie intentó llamar al hospital, y mi teléfono necesita una nueva tarjeta SIM antes de poder usarlo.

¿Habrían intentado contactar con la persona de emergencia? El nombre de Mark estaba en la lista, pero deberían haber sabido que no debían entregar a Bay a él. Dejé claro que su nombre debía ser eliminado de la lista de recogida.

Las puertas del ascensor se abren.

—Sí, Bay está en casa con Madisyn.

—Debería estar en la cama —digo. Son las once de la noche. Entro en el ascensor y Luka me sigue de cerca. Pulso el botón del vestíbulo.

—Seguro que lo está —dice Luka.

—No la has acostado tú. ¿Cuánto tiempo llevas esperando aquí junto a los ascensores?

¿Cómo no me he dado cuenta de su presencia? Había cambiado de puesto, trabajando en el extremo opuesto del pasillo hace un par de horas cuando tuve que cubrir a otra enfermera.

—Quería hablar contigo cuando salieras del trabajo —dice Luka. Está sombrío.

El ascensor está vacío excepto por nosotros dos.

—¿Ha pasado algo? —pregunto.

—Mark está muerto.

Inhalo bruscamente y jadeo, atragantándome con sus palabras.

—¿Muerto? —No puedo respirar. Me estoy asfixiando. Todo el aire dentro del ascensor ha sido tragado, y estoy luchando por sobrevivir.

—Hannah, respira —dice Luka. Sus manos están sobre mis brazos. Son fuertes y cálidas, pero no me hace daño como Mark cuando me agarraba.

Luka intenta estabilizarme.

—Inspira.

Tomo una respiración profunda.

—Exhala —dice Luka.

Sigo su instrucción.

El ascensor suena y las puertas se abren. Mi cuerpo está cubierto por un velo de sudor frío como el hielo. Mi corazón martillea contra mis costillas, y estoy jadeando por aire de nuevo.

—¿Qué ha pasado? —pregunto.

—Estás teniendo un ataque de pánico —dice Luka. Me lleva hacia un banco cercano y me guía para que me siente. Se queda de pie frente a mí, sus piernas me bloquean, evitando que me caiga hacia delante si me desmayo.

—Me refiero a Mark —digo—. Has dicho que estaba muerto. —No puedo asimilar lo que ha ocurrido o cómo Luka se habría enterado si algo le hubiera pasado a Mark.

—Mikhail envió a un par de tipos a tu casa para ver si Mark necesitaba ayuda para hacer las maletas.

—Claro que sí —digo, mirando a Luka. No le creo. Me duele incluso preguntarlo, pero tengo que saberlo—. ¿Lo mataste tú?

Luka da un paso atrás, horrorizado por mi pregunta.

—Ha sufrido un infarto, Hannah.

Aprieto los labios y exhalo un suspiro de alivio. Mi mirada cae a mis manos juntas en mi regazo.

—Estaba bajo mucha presión estos últimos días.

—No te culpes por lo que él te hizo. —La voz de Luka se eleva, y miro alrededor, preocupada de que alguien pueda escuchar nuestra conversación.

Quizás no debería avergonzarme de lo que pasó, pero no quiero que nadie más lo sepa para que me miren como lo hace Luka, como si necesitara que me mimen. No soy una niña. Puedo cuidar de mí misma. Lo he hecho toda mi vida hasta que apareció Luka, ¿y ahora qué? ¿Se supone que debo dejar que él se encargue de las cosas y me ayude?

Exhalando un suspiro, me froto la frente y saco las llaves del bolsillo. Es tarde y no hay mucha gente en el vestíbulo. Hay un guardia cerca de la puerta, pero está demasiado lejos para oír nuestra conversación.

—Lo siento. —Me disculpo por acusar a Luka de haberle hecho algo a Mark. Luka no es un monstruo. No haría daño a nadie. ¿Qué clase de persona soy para pensar tales cosas terribles?

Luka me atrae hacia él. Es cálido y fuerte, y su aroma varonil me envuelve. Es extrañamente relajante y casi hipnótico. Por fin me separo de su abrazo.

—Debería ir al garaje. ¿Nos vemos en tu casa?

—Nuestra casa —corrige Luka—, y yo te llevaré. —Abre la mano para que deposite mis llaves en su palma.

—¿Cómo has llegado hasta aquí?

—Me han traído —dice Luka—. No vas a conducir después de la noticia sobre Mark. Estás en estado de shock —añade, examinándome con la mirada.

¿Debería estar llorando? Hay una pesadez que oprime mi pecho y una piedra en la boca del estómago. Me arden los ojos, pero no es por las lágrimas. Lo justifico por la falta de sueño.

No tiene sentido discutir con Luka. Está tratando de hacer lo correcto, y si eso significa llevarme de vuelta a su casa, acepto la oferta. Dejo caer mis llaves en sus manos, y él cierra los dedos alrededor del metal y desliza su brazo en el mío, enlazándonos.

—Vamos, guíame hasta el coche —dice Luka—. Y que conste, no vamos a mi casa. Es nuestra casa.

No he dormido lo suficiente o estoy demasiado emocionada por la noticia que Luka me ha dado sobre la muerte de Mark. Ha sido una bomba y ,hasta ahora, no detona.

Una sola frase, *es nuestra casa*, me hace desplomarme de rodillas, sollozando.

Luka está tranquilo, fuerte, es mi base sólida mientras me atrae hacia sus brazos. Su mano acaricia mi cabeza, y juraría que siento su fuerte pulso contra mi pecho.

Empapo su camisa con mis lágrimas. No quiero llorar, no quiero afligirme, no quiero derrumbarme. No especialmente mientras estoy en el trabajo, pero al menos he llegado al vestíbulo y no estoy en la planta con nuestros pacientes.

Me duele el pecho y no entiendo por qué. Mark me hizo daño. Me rompió. Traicionó mi confianza fingiendo ser alguien que no era, manteniendo a Bay y a mí contra nuestra voluntad en el apartamento. Pero iba a empezar una vida con él, y compartimos un hogar. Esos sentimientos no desaparecen sin más, aunque desee que todo se esfume.

Luka nos lleva de vuelta en mi coche a la mansión que ahora llamo hogar. Es extraño vivir bajo el techo de otro hombre. No es mi hogar, todavía no. Quizá con el tiempo, me sienta así cuando me haya adaptado al mundo que me rodea, pero por el momento, me siento entumecida. Congelada.

Luka me acompaña al interior de la casa. No recuerdo el trayecto de vuelta más allá de estar sentada en el asiento delantero. El mundo a mi alrededor se ha vuelto borroso.

—¿Tienes hambre? ¿Has cenado en el trabajo? —pregunta Luka. Aparta un mechón de pelo rebelde detrás de mi oreja, centrando toda su atención en mí.

Otro caballero se acerca a Luka.

—¿Puedo hablar contigo un momento?

—Estoy ocupado ahora mismo, Nikita. ¿Puede esperar?

—Búscame cuando tengas un momento libre —dice Nikita y cruza el vestíbulo antes de entrar en un despacho.

—¿De qué iba eso? —pregunto—. ¿Trabajas a estas horas?

—Trabajo a todas horas —dice Luka y sonríe cálidamente. Su pulgar acaricia mi mandíbula, y por un momento pienso que va a besarme.

No lo hace.

—Si no tienes hambre, ¿qué te parece si te arropo en la cama? —pregunta.

—Bay está dormida —le recuerdo y le ofrezco una sonrisa tranquilizadora para indicarle que puedo cuidar de mí misma—. No quiero despertarla.

Sus manos rodean mi cintura, atrayéndome hacia él.

—Podrías compartir la cama conmigo.

—Probablemente no sea buena idea —digo. Aunque la idea es tentadora, no debería meterme en su cama para superar lo de Mark.

No afloja su agarre alrededor de mis caderas. Sus manos son firmes mientras se entrelazan contra mi espalda baja. El contacto de Luka es relajante, pero no del tipo que te hace dormir.

—No tenemos por qué acostarnos —dice, mirándome a los ojos—. Me han dicho que doy muy buenos masajes.

Aspiro bruscamente, y juro que probablemente puede oír mi corazón latiendo contra mi pecho.

—O si estás agotada, podemos simplemente dormir —dice.

Sí, como anoche que solo éramos amigos tomando unas copas y casi terminó con los dos desnudos. No es que me arrepienta, pero deberíamos tomarnos las cosas con más calma.

—Por tentadora que sea la oferta, Bay se despertará y se preguntará dónde estoy por la mañana.

Sonríe y afloja su agarre. Luka no está molesto en absoluto, pero es sincero.

—Tienes una excusa para todo, ¿verdad?

—Bueno, estamos viviendo juntos. ¿No deberíamos intentar que esto funcione? Como padres conjuntos.
—Estoy tratando de ser una buena madre para Bay, poniendo las necesidades de mi hija por encima de mis deseos.

—¿Es eso lo que quieres? —pregunta Luka. Me hace retroceder caminando, acorralándome contra la pared del pasillo, atrapándome.

El calor de su proximidad hace que mi respiración se profundice. Sus ojos se han oscurecido, sus labios se entreabren, y se inclina, su voz susurra mientras roza mi oreja.

—Podemos mantener la profesionalidad. Pero quiero oír de tus labios que lo que tuvimos no significó nada y nunca volverá a ocurrir.

—Nunca dije que no significara nada. —Mi cabeza descansa contra la pared, y me inclino hacia arriba para mirar su ardiente mirada. Mis labios se separan y ya tengo la voz ronca. El pasillo es sofocante, y su intensa mirada solo me acalora más.
—Todavía me atraes, Luka. Eso no ha cambiado. —No oculto mis deseos ni mis sentimientos hacia él.

No hay razón para fingir cuando puede verlo justo delante de él.

—¿Por qué no nos damos una oportunidad? —pregunta él.

—Mark acaba de morir. ¿En serio estamos teniendo esta conversación ahora?

—Solo te pregunté si podía arroparte —dice Luka. Ni siquiera aparta la mirada. Apoya una mano contra la pared y la otra en mi cadera.

Su contacto es mi perdición.

Manos grandes y ásperas acarician mi cadera, las yemas de sus dedos rozan mi piel desnuda en el borde de mi camiseta. Mi respiración se vuelve entrecortada y mis párpados se sienten pesados.

—Eso es —susurra, complacido con mi respuesta—. Solo relájate.

Echo la cabeza hacia atrás y sus labios se pegan a mi cuello, succionando suavemente y mordisqueando la piel. Sus dedos juguetean con la cinturilla de mis pantalones, rozando mi estómago, haciendo que mi interior se estremezca y enviando una cálida sensación pulsante por todo mi cuerpo.

—Esto no es arroparme —digo con voz ronca. Estoy respondona y quiero que me silencie dándome lo que Mark no pudo. Sin duda, Luka sabe que me ha alterado por dentro y está orgulloso de sus logros. Las comisuras de sus labios se curvan hacia arriba.

—Supongo que no. —Luka se acerca más, sus labios provocándome, tentándome a besarlo. Pero no cierra el espacio entre nosotros—. ¿Quieres que pare? Porque di la palabra y te mandaré arriba a la cama.

—Quiero que me lleves a tu cama y hagas lo que quieras conmigo —digo.

Luka gruñe mientras muerde mi labio inferior, tirando de él entre sus dientes.

—Yo también quiero eso, *Zaya*.

Gimo, y Luka empuja su rodilla entre mis muslos, ejerciendo la presión perfecta en mi centro. Mis ojos se cierran, y estoy haciendo todo lo posible por no restregar mis caderas contra su rodilla. Pero él parece tener otras ideas. Su rodilla empuja hacia arriba hasta que ya no puedo contener un gemido. Libera un poco de presión y repite el movimiento una y otra vez. Cualquiera podría vernos. Uno de sus amigos estaba en el pasillo hace unos minutos. ¿Adónde se ha ido?

—Luka —ronroneo, mis uñas arañando su espalda, aferrándome a él. Va a volverme loca de deseo.

Me mantiene contra la pared, su rodilla empujando contra mi núcleo, haciéndome sentir calor y pulsaciones en mi interior. Se inclina hacia adelante, sus labios rozando mi oreja. Susurra:

—Vas a correrte para mí, *Zaya*.

Gimo débilmente.

El pasillo está a mil grados, y quiero arrancarme la ropa, pero cualquiera podría entrar y ver lo que estamos haciendo. Y aunque es tarde y la mayoría de la casa está durmiendo, hay hombres despiertos, caminando por los pasillos, haciendo lo que sea que hagan para trabajar.

Sus pasos se acercan al pasillo, y un escalofrío recorre mi cuerpo.

Luka continúa frotando su rodilla contra mí. Su erección me pincha, y alcanzo su hebilla, queriendo desabrochar sus pantalones. Quiero darle placer, tocarlo y excitarlo aún más.

—No-no, esto es por ti —dice Luka y me sujeta los brazos contra la pared.

Estoy en el cielo y el infierno a la vez. Quiero que Luka me devore, pero no me entusiasma la posibilidad de que nos vean.

—¿Arriba? —digo con voz ronca.

Los labios de Luka hacen cosquillas en mi cuello, y se echa un poco hacia atrás, encontrando mi mirada.

—Eso puede arreglarse. —Toma mi mano y me lleva hasta su dormitorio.

En cuanto se cierra la puerta, me empuja contra la madera. Nuestras bocas se funden en besos ardientes. A este paso nunca llegaremos a la cama, y no me importa.

Tira de mi camiseta, me la quita de un tirón y la lanza a través de la habitación. Su dormitorio está tenuemente iluminado, pero sus dedos trazan los moratones en mi cuello. La atención de Luka está en las marcas que Mark dejó.

—Alégrate de que esté muerto —dice Luka, dejando caer sus labios en mi cuello—. A cualquiera que te ponga un dedo encima, lo mataré.

Inhalo bruscamente ante sus palabras. Nunca pedí la protección ni la devoción de Luka. Una docena de pensamientos contradictorios comienzan a correr por mi mente sobre Luka y Mark, pero se silencian cuando Luka coloca su boca sobre la mía, su lengua entrando entre mis labios.

Mis dedos se enredan en su pelo, atrayéndolo más cerca y haciéndolo retroceder hacia la cama. Necesito olvidar el dolor, borrar los recuerdos que me atormentan. Luka es el único hombre capaz de hacerme sentir viva.

—¿Condón? —pregunto, asegurándome de que estemos listos, aunque Luka todavía está completamente vestido y yo aún no me he quitado los pantalones.

—No tan rápido, *Zaya* —dice Luka y sonríe. Me da la vuelta, guiándome hacia el colchón.

Me muevo hacia atrás, y él se arrastra sobre mí, sus dedos ásperos y cálidos mientras baja mis pantalones, quitándomelos y lanzándolos detrás de él. Se coloca entre mis piernas y pone una sobre su hombro mientras se inclina hacia mis bragas, acariciando la fina tela con la nariz.

—Estás mojada para mí —dice, complacido con sus logros.

Me provoca a través del frágil material, y juro que siento su lengua. La barrera de algodón es demasiado gruesa. Percibe mi incomodidad y me arranca las bragas, haciendo que mi estómago se estremezca.

—Te ves jodidamente sexy desnuda —susurra Luka. Guía suavemente mi pierna de vuelta al colchón mientras se sube encima de mí.

—Quiero verte desnudo.

—Y lo harás —dice Luka, sonriéndome desde arriba. Sus ojos brillan, y mi corazón martillea en mi pecho.

Alcanzo su camisa, tirando de la tela blanca hasta abrirla, arrancando los botones.

—Esa era mi buena camisa —dice Luka con énfasis, presionando mis brazos contra el colchón.

—¿En serio? Todas las camisas que llevas parecen iguales. —Solo he estado cerca de él unos cuantos días, pero siempre se viste igual. Apuesto a que todas las camisas en su armario son blancas.

Gruñe juguetonamente y se inclina, capturando mis labios mientras presiona su peso contra mí. No puedo evitar el gemido que escapa de mis labios mientras envuelvo mis piernas alrededor de él. No estoy luchando por el control, sino que quiero alimentar su deseo. Forcejeo con sus caderas, tratando de darnos la vuelta para poder desvestirlo correctamente. Pero Luka tiene otras ideas que no incluyen que yo lo domine.

—¿Alguna vez te han atado en la cama? —pregunta Luka, sus labios acariciando mi oreja.

Se me seca la boca. La idea me ha intrigado, pero no conozco a Luka lo suficiente como para confiar en él, para entregarme a él por completo. Es un gran paso.

—Es una fantasía —confieso y muerdo mi labio inferior—. Pero no para hoy.

Deja otro beso ardiente en mis labios y suelta el agarre de mis brazos.

Mis manos se extienden, rozando su pecho, tocando su piel desnuda mientras dejo que mis dedos vaguen hasta la hebilla de su cinturón. Libero el broche, y él desabrocha sus pantalones, permitiéndome quitarle los pantalones y los bóxers mientras admiro cada centímetro de él.

—Me estás mirando fijamente —dice.

¿Cómo no hacerlo? Es enorme, bien dotado, y deja a Mark en vergüenza. No es que Mark fuera bueno en el sexo. Dejo que mis dedos se deslicen por su estómago mientras me dirijo a mi destino previsto, pero Luka agarra mis muñecas y me empuja de nuevo contra el colchón.

—Recuerda, esta noche es para ti.

—Sí, y quiero saborearte —digo, mirando hacia abajo, aunque no puedo ver mucho entre nosotros presionados contra el colchón.

Está tratando de ocultar la sonrisa, pero sus ojos brillan.

—Lo harás, la próxima vez que hagamos esto —dice Luka.

Mi corazón golpea contra mi caja torácica ante su admisión de que esto no es algo de una sola vez entre nosotros, que quiere que vuelva a ocurrir. La habitación está caliente, y estoy segura de que estoy sonrojada o al menos ruborizada.

—Relájate, *Zaya*. —Suelta su firme agarre contra mis brazos y deja besos fervientes sobre mi piel, desde mi cuello hasta mi torso.

Cada beso me hace estar más impaciente por más con él. Es como si supiera exactamente lo que necesito y me lo da, una y otra vez. Su boca está cálida y provoca mis muslos internos con un suave rastro de besos. Inhalo bruscamente cuando finalmente llega a su destino previsto, y es un millón de veces mejor de lo que imaginé con Luka. Arrastra su lengua sobre mi sexo, y mi interior tiembla y se estremece mientras él saborea, provoca y me lleva hacia el olvido.

Luka sabe exactamente qué hacer, y mi corazón late contra mi pecho, mis dedos de los pies se curvan, y mi espalda se arquea separándose del colchón. Trepa de nuevo por mi torso después de que la primera ola me atraviesa y me besa mientras agarra un condón. Un momento después, introduce su miembro en mi calidez, seguro de que estoy lista para él. Luka llena cada centímetro de mí, haciendo que mi interior duela de la manera más deliciosa posible.

La habitación se llena de gemidos y respiraciones pesadas, jadeos por aire, mientras embiste dentro de mí. Envuelvo mis piernas a su alrededor, atrayéndolo más profundamente, queriéndolo más cerca, más apretado, y siendo uno conmigo.

Otra ola llega arrasando, y él muerde mi cuello, dejando una deliciosa marca. Me estremezco y gimo, y Luka cubre mis labios con los suyos. No puedo decir si me está silenciando porque despertaré a toda la casa o si está tan necesitado como yo, queriendo estar enredado conmigo. No quiero que el momento termine nunca, pero cuando lo hace, él deja un beso en mi frente y se levanta para deshacerse del condón.

Alcanzo las sábanas, agotada. ¿Me va a pedir que regrese a mi habitación? Debería hacerlo, porque Bay está allí, y de lo contrario, por la mañana, se molestará cuando despierte sola en una casa relativamente desconocida.

Pero en lugar de eso, cierro los ojos. La luz del baño se apaga, y la cama se hunde cuando Luka se mete bajo las sábanas conmigo. Me atrae hacia él, abrazándome por detrás.

—Nunca te tomé por alguien que le gustara acurrucarse —murmuro, medio dormida.

—No lo soy —susurra Luka contra mi cuello—. Normalmente no, pero disfruto del tiempo que tengo contigo en mi cama.

CAPÍTULO DIECIOCHO

LUKA

Hay un golpe firme en la puerta del dormitorio.

Me he quedado dormido. Una mirada al reloj y ya son más de las ocho. No es que me importe. Extiendo la mano a mi lado y la cama está helada. Hannah debe haberse escabullido esta mañana o durante la noche. No la oí marcharse.

—¡Un momento! —grito y agarro mis calzoncillos, poniéndomelos antes de abrir la puerta del dormitorio.

Nikita está vestido y listo para enfrentarse al día.

¿Yo? Preferiría volver a la cama con una sexy morena que está abajo.

—¿Qué pasa? —pregunto mientras me froto la nuca.

Nikita asiente.

—¿Puedo entrar?

Abro la puerta del dormitorio y él mira alrededor, fijándose en mi ropa esparcida por la habitación.

—¿Una cita ardiente con la mamá de abajo? —La sonrisa en su cara me dice que no va a mantenerlo en secreto.

—¿Qué quieres, Nikita?

—Tengo la información que Mikhail pidió sobre Mark. Una vez que conseguí su nombre completo, Markus Jacobi, me di cuenta de la conexión bastante rápido. Es uno de los nuestros —dice Nikita.

—Eso no puede ser —digo, negando con la cabeza. Habría reconocido a Mark si trabajara para la bratva. Aunque no conozco a todos los soldados y asociados, se me dan bien las caras y los nombres.

—Era un asociado de bajo nivel, Markus Jacobi. Se

encargaba de los libros de uno de los clubs que posee Mikhail.

Me agacho, recogiendo mi ropa de la noche anterior, incluyendo media docena de botones esparcidos por el suelo.

—Hannah mencionó que era contable.

—Por lo que puedo decir, estaba desviando dinero, un poquito cada mes, a una cuenta en las Caimán. Parece que se dio cuenta de que estaba involucrado en un esquema de blanqueo de dinero y decidió hacerse con una parte de nuestra tajada.

—Imbécil —murmuro—. ¿Quién sabía del robo?

—Mark estaba trabajando con Dmitri —dice Nikita —. Dmitri sospechaba que Mark era un corrupto e hizo que Anton pusiera vigilancia en su oficina pero no en su casa.

—¿Quién más lo sabía?

—El equipo que instaló la vigilancia electrónica. Dmitri ni siquiera se lo dijo a Mikhail porque no quería preocuparlo si se equivocaba. Ya sabes lo rápido que Mikhail puede ser para reaccionar.

Dmitri no quería precipitarse. No tenía pruebas, solo sospechas.

—Pero Mikhail no reconoció a Mark la otra noche —digo. Le dimos una buena paliza fuera del complejo. ¿No debería haber reconocido a uno de sus empleados?

—Mikhail no se había reunido directamente con Mark, y lo conocía como Markus. No habría razón para que Mikhail se diera cuenta de que el prometido de Hannah era nuestro contable.

Agarro mi ropa del armario y me dirijo al baño, escuchando a Nikita a través de la puerta.

—¿Cuánto sabe Hannah sobre la implicación de Mark?

—Por eso estoy aquí, llamando a tu puerta —dice Nikita—. Tuve que informar primero a Mikhail de lo que encontré. Quiere saber si se puede confiar en tu chica.

Me cambio de calzoncillos y me pongo los pantalones antes de abrir la puerta.

—Hannah no sabe nada —digo. Agarro una camisa

blanca impecable y me la pongo sobre los hombros, abrochando los botones de arriba a abajo.

—¿Estás seguro? ¿Qué hay de la cuenta de las Caimán? —pregunta Nikita.

—Le preguntaré, pero podría tener más preguntas sobre nuestro negocio cuando lo haga.

Bay está sentada en el suelo, jugando con los peluches que trajimos de la casa. Hannah está en el suelo con ella, fingiendo tener una fiesta de té con todo el zoológico.

—¿Podemos sentarnos y hablar? —le pregunto a Hannah.

—Claro —dice y se levanta—. Volveré enseguida. Quédate aquí, ¿vale? —Hannah deja un beso en la frente de Bay antes de seguirme fuera del estudio, por el pasillo, hasta mi despacho.

Pone un pie dentro y mira alrededor de la habitación.

—¿Qué está pasando? —Se cruza de brazos. No puedo distinguir si tiene frío o está incómoda.

—Toma asiento —señalo el sillón de cuero, y ella frunce el ceño pero hace lo que le indico.

—¿Luka? ¿Te estás arrepintiendo de lo de anoche? —Su ceño está fruncido, y quiero asegurarle que lo de anoche no tiene nada que ver con mis preguntas, pero no puedo consolarla ahora.

Suena un fuerte golpe en la puerta y Mikhail entra en el despacho. Quiere presenciar el interrogatorio, aunque no planeo que sea una investigación a gran escala. En lo que a mí respecta, Hannah no ha hecho nada malo. Mikhail se queda junto a la puerta, con las manos juntas delante de él. Me hace un gesto con la cabeza para que sea yo quien hable y empiece.

—¿Sabías que Mark trabajaba para Mikhail?

Ella me mira y luego gira la cabeza hacia el pakhan.

—No. Nunca lo mencionó. —Se frota la frente y vuelve a centrar su atención en mí—. Tiene muchos clientes importantes. No conozco a ninguno de ellos. ¿De qué se trata esto?

—Tu prometido me robó dinero —dice Mikhail. Avanza con arrogancia por el despacho hasta situarse a mi lado—. Creemos que creó una cuenta en el extranjero en las Islas Caimán donde transfería un porcentaje de nuestros fondos.

Los ojos de Hannah se abren como platos y se recuesta en el sillón de cuero. Su rostro está lívido.

—Esto es nuevo para mí. Mark era prácticamente un santo hasta esta semana.

Intercambio una mirada con Mikhail.

—¿Qué quieres decir? —pregunta Mikhail, buscando una explicación más detallada de los acontecimientos.

Ella suspira y sus hombros caen mientras me mira.

—Todo comenzó cuando me encontré con Luka en el bar con Madisyn. Cuando Luka me llevó a casa, se topó con Mark en la puerta principal. Las cosas cambiaron. Mark cambió.

Miro a Mikhail.

—Es posible que Markus me reconociera. —La bratva es dueña de su lugar de trabajo y, aunque tiene su propio despacho en nuestras instalaciones, podríamos habernos cruzado fácilmente.

—¿Qué quieres decir con reconocerte? —Hannah se levanta y mira alternativamente a uno y otro—. No sé qué está pasando, pero Mark está muerto. ¿Queréis acceso a la cuenta en el extranjero? Puedo revisar el apartamento y ver si encuentro alguna información sobre la cuenta —dice Hannah.

—Eso no es necesario —dice Mikhail, examinándola. La está estudiando, asegurándose de que no le está mintiendo ni ocultando algo de mayor importancia—. Podemos rastrear su ordenador y encontrar el dinero nosotros mismos.

No es tan fácil como suena, pero Mikhail no deja entrever que recuperar los fondos es una tarea larga.

Hannah asiente lentamente.

—Siento su traición a vuestra empresa —Las comisuras de sus labios están hacia abajo—. Nunca me hablaba de su trabajo o de sus clientes.

—Solo tenía un cliente —dice Mikhail. Me mira y luego vuelve a mirar a Hannah—. ¿Nos darías un minuto?

Ella se levanta de la silla y se dirige hacia la puerta.

—¿Has dicho que tenía un solo cliente? —pregunta Hannah mientras se acerca a la puerta.

—Así es —dice Mikhail—. Lo hemos mantenido ocupado con nuestro papeleo y finanzas.

—Mencionó que se iba a mudar al extranjero por trabajo. Eso no era cierto, ¿verdad? —Hannah exhala un suave suspiro, su labio inferior hace un puchero.

—No se habría mudado por motivos laborales —digo. Mark planeaba huir y trasladarse a las Caimán después de desviar suficiente dinero para un nuevo comienzo. Los hombres como Markus que roban a la bratva tienen una vida útil muy corta. Debió saber que estábamos tras él—. Ve a acompañar a Bay. Vendré a buscarte si tenemos más preguntas.

Hannah sale de mi despacho, cerrando la puerta en silencio tras de sí. Espero hasta que ya no está fuera de la puerta y ha bajado por el pasillo.

—La creo —digo, esperando la opinión de Mikhail. Su punto de vista es el único que importa, pero quiero dejar claro que no creo que Hannah haya hecho nada malo.

—Según las imágenes de vigilancia que Nikita me mostró de la oficina, Markus no se puso en contacto con ella ni con nadie mientras estaba en el trabajo. Su historia parece legítima. Vigílala por el recinto y asegúrate de que no esté intentando obtener información, pero no tengo motivos para sospechar su implicación.

Suspiro aliviado. Es bueno que Hannah no esté en el radar de Mikhail, porque si lo estuviera, probablemente sería arrojada abajo, a la prisión, e interrogada con métodos mucho más duros que sentarse a charlar un poco.

Mikhail sale del despacho, y yo me siento en mi escritorio para terminar de revisar las imágenes de vigilancia que tomamos y borrar el vídeo de la noche de la muerte de Mark. Suena un fuerte golpe en la puerta.

—Adelante —digo a quien sea que esté al otro lado.

Madisyn entra en mi despacho. Cierra la puerta tras de sí.

—¿Qué ocurre? —pregunto.

—Tenemos que hablar.

CAPÍTULO DIECINUEVE

HANNAH

Unos minutos antes...

Mark me mintió. Esta semana no hace más que mejorar. Primero, me retuvo contra mi voluntad en el apartamento. Luego, sufrió un ataque al corazón y murió. Y ahora descubro que robó dinero de la empresa para la que trabajaba.

—Mamá —dice Bay mientras me pasa la tetera de juguete para que la rellene. Es té imaginario, de mentira, pero mi mente está a un millón de kilómetros de distancia y estoy demasiado distraída para recordar cómo se hace el té de mentira.

Bay se sube a mi regazo cuando no hago lo que quiere con suficiente rapidez. Un conjunto de pasos pesados resuena por el pasillo y miro hacia la puerta cuando un caballero que no reconozco entra en el estudio.

—Señora, esto se encontró con la colada. Creo que se mezcló accidentalmente en el cesto de la ropa —me entrega un sobre rojo, sellado.

Mi nombre está garabateado en el frente con la letra de Mark.

—¿Dónde lo ha encontrado? —pregunto, siguiendo al caballero y sentando a Bay en el suelo.

—Como le he dicho, en la colada. Una de las amas de llaves lo encontró entre la ropa y pensó que debería devolvérselo.

—Gracias —digo, examinando el sobre.

Él regresa rápidamente a sus tareas, desapareciendo por el pasillo. He visto a este caballero una o dos veces, pero nunca me enteré de su nombre.

Exhalo un suspiro nervioso, no estoy segura de si estoy preparada para leer la carta. ¿Y si es una disculpa?

Lo dudo.

Probablemente sea una carta de Mark diciéndome lo terrible que soy por abandonarlo y que nunca seré feliz sin él en mi vida. No debería abrir el sobre. En cambio, debería meterlo en la trituradora de papel más cercana o quemarlo. Pero la curiosidad puede conmigo y abro el sobre de un tirón, sacando una nota manuscrita de Mark.

Hannah,

Me gustaría poder explicártelo todo en persona. Pero no puedo. No mientras vivas bajo el techo de la bratva.

Te advertí que te mantuvieras alejada de Luka y que no le dijeras que Bay es su hija biológica. No puedo protegerte si estás con él. Y aunque quería contártelo todo, hacerlo podría matarte.

Luka no es el hombre que dice ser. Es un mentiroso. ¿Te ha dicho que trabaja para Mikhail Barinov, el mayor jefe criminal de la costa este?

Solo sé esto porque trabajo para él. Nunca conocí al hombre; es demasiado inteligente para ensuciarse las manos. Pero hay pruebas, un rastro de papel de sus negocios ilícitos.

Luka es de la Bratva rusa. Son hombres poderosos y peligrosos que me matarían para evitar que descubrieras la verdad.

Si acabo muerto, debes saber que puede que yo no fuera inocente, pero ellos tampoco lo son. Son asesinos, ladrones, narcotraficantes y delincuentes.

Ten cuidado.

Mark

Se me corta la respiración y leo la carta una vez más, asegurándome de que no me estoy perdiendo nada. Meto el sobre y su contenido en mi bolsillo.

No podemos quedarnos aquí. Si Mark tenía razón y Luka forma parte de una organización criminal, Bay no está segura con él.

Levanto a Bay del suelo.

—¡Mamá, abajo! —proclama Bay mientras cojo su conejito de peluche favorito y se lo entrego para mantenerla ocupada mientras me apresuro por el pasillo pasando por delante del despacho de Luka.

No puedo enfrentarme a él. Solo me mentiría. Un hombre que trabaja para la bratva no va a admitir sus actos nefastos. Me apresuro por el pasillo, buscando a Madisyn. Está en la cocina, cogiendo un tentempié de la nevera.

—Tenemos que salir de aquí —digo, manteniendo la voz baja.

Madisyn abre un bote de helado de Ben & Jerry's y se mete una cucharada de ese dulce manjar en la boca. Me mira como si me hubiera vuelto loca.

Ojalá fuera así. Sería más fácil de afrontar que saber que el padre de mi hija es un monstruo.

—¿Eh? —pregunta Madisyn, esperando una explicación más detallada de mi arrebato.

Le muestro el sobre y la carta, ligeramente arrugados pero aún perfectamente legibles.

—Mikhail, Luka, son de la bratva —digo. Echo un vistazo detrás de nosotras hacia la entrada abierta de la cocina—. Me voy de aquí con Bay. Deberías venir con nosotras —digo, mirándola de arriba abajo.

No se le nota el embarazo, al menos yo no puedo verlo, pero no puede querer esta vida para su hijo.

—No voy a irme —dice Madisyn—. Y creo que deberías hablar con Luka antes de marcharte —

toma otra cucharada de helado, sin inmutarse por la noticia.

—¿Sabías que son de la bratva? —No puedo creer que no me lo hubiera dicho. ¿Cómo puede estar de acuerdo con esto para su hijo?

—Antes trabajaba para el FBI —dice Madisyn.

Me lo había dicho una vez, pero no la creí. Pensé que estaba bromeando sobre ser agente federal.

Retrocedo hacia la salida de la cocina.

—No puedo quedarme. —Me apresuro por el pasillo hacia la puerta principal. Ni me molesto en hacer las maletas. No hay tiempo.

Siento a Bay en el asiento trasero y la abrocho en su silla infantil antes de subir al asiento del conductor, cerrar la puerta de golpe y partir. Por suerte, el guardia abre la verja sin hacer preguntas. Al menos no somos prisioneras. Suspiro aliviada, pero no me siento tranquila ni reconfortada. No puedo volver al trabajo. Luka sabe dónde vivía, dónde trabajaba y todo sobre mí. Tengo que salir de la ciudad, alejarme de Nueva York, buscar un lugar seguro. Es la única oportunidad para mantener a Bay y a mí a salvo.

CAPÍTULO VEINTE

LUKA

Alguien llama con fuerza a la puerta.

—Adelante —digo.

Madisyn abre lentamente la puerta de mi despacho y asoma la cabeza. Le hago un gesto para que entre, y el estómago me da un vuelco cuando veo el sobre rojo de anoche, el que Mark había dejado para Hannah.

—¿De dónde has sacado eso? —pregunto. Al inspeccionarlo mejor, veo que el contenido ha sido abierto, aunque no sé qué decía la carta. Nunca la leí.

—Me lo dio Hannah. Quería que me fuera con ella.

—¿Irse? —Me levanto de un salto de mi escritorio y paso junto a Madisyn—. ¿La has dejado marcharse? —Me dirijo al estudio donde Bay había estado jugando antes por la tarde.

—No soy su niñera —dice Madisyn mientras me sigue por el pasillo. Se cruza de brazos cuando echo un vistazo al estudio y veo los juguetes abandonados, pero ningún rastro de Hannah o Bay.

—¿Adónde ha ido?

—Deberías haber sido sincero con ella —dice Madisyn—. Se iba a enterar tarde o temprano. ¿Qué pensabas que ocurriría cuando descubriera la verdad por su ex prometido?

Le dirijo una mueca de desprecio ante su sugerencia.

—¡Se suponía que él no debía contárselo. Está muerto!

Mikhail sale de su despacho al oír el alboroto.

—¿Qué demonios está pasando aquí?

—Hannah se ha ido con Bay —digo—. Se enteró de que somos bratva y se largó con mi hija.

—Bay también es su hija —dice Madisyn—. Solo intenta protegerla. Volverá.

Fulmino a Madisyn con la mirada.

—No conoces a Hannah. No va a volver. —Me dirijo al garaje y cojo unas llaves.

—¿Adónde vas? —pregunta Mikhail—. A menos que sepas adónde se dirige, nunca la encontrarás.

Ese es el problema. Ella no quiere ser encontrada. Hannah no tiene un móvil que pueda rastrear, y nunca puse un localizador GPS en su vehículo.

—¡No puedo dejar simplemente que se lleve a mi hija! —Me paso los dedos por el pelo—. ¿Qué sugieres que haga?

—Podemos hackear las grabaciones de vigilancia de las carreteras y seguir su vehículo hasta donde vaya —dice Mikhail. Está tranquilo. Como si ya hubiera hecho esto antes y no estuviera ni un poco preocupado.

El sudor me perla la frente. Tengo el estómago hecho un nudo y espero no enfermar. Quizás no debería importarme, pero Bay es mi hija, y si Hannah quiere irse, Bay se queda bajo mi custodia.

—Siéntate en mi despacho —dice Mikhail, y hago lo que me pide.

Siento la piel de gallina y mi pierna rebota, ansioso por hacer algo. No soy un hombre que se quede quieto esperando. Todo dentro de mí se estremece con la certeza de que se ha ido, y es porque está enfadada conmigo.

¿Cómo no lo vi venir?

—Tranquilízate. Déjame encontrar a Nikita —dice Mikhail y sale corriendo de su despacho hacia el pasillo. Deja la puerta abierta.

Madisyn permanece junto a la puerta.

—Lo siento —dice, con las manos entrelazadas. Su disculpa es sincera, pero no elimina el dolor ni alivia lo que ha sucedido.

¿Volveré a ver a Hannah y Bay alguna vez?

Incluso si las encuentro, ¿cómo voy a arreglar esto? Soy bratva. Es parte de quien soy. No puedo simplemente alejarme de ello, aunque quisiera irme.

Exhalo un pesado suspiro y me inclino hacia delante, con la cabeza entre las manos. La he jodido por completo.

—Justo cuando las cosas finalmente iban bien —murmuro.

—Se puede arreglar —dice Madisyn. Se apoya contra la jamba de la puerta y se cruza de brazos.

—¿Cómo? —Le lanzo una mirada fulminante.

—Explícaselo —dice Madisyn. Está tranquila, pero ella sabía desde el principio que Mikhail era el líder de la bratva.

—No creo que un ramo de rosas y una disculpa arreglen esta situación.

—Bombones —bromea Madisyn con una sonrisa.

Yo no sonrío.

—No tiene gracia. —¿Cómo puede reírse? Ah, claro, no es la vida de su hija la que se ha esfumado—. Es tu culpa.

—¿Mi culpa? ¿Qué he hecho yo? —Madisyn resopla y avanza más dentro del despacho, situándose frente a mí.

—Eres amiga de Hannah.

—¿Y? —me mira fijamente—. ¿Qué tiene eso que ver con nada? Yo no os presenté.

Aprieto la mandíbula, ignorándola mientras se cierne sobre mí e invade mi espacio personal.

—Aléjate —gruño, queriendo espacio y que me dejen solo.

—Bien. —Madisyn resopla y se aleja dando pisotones como una niña pequeña.

No hay una manera fácil de arreglar lo que ha pasado. Suplicar no es mi fuerte. Normalmente soy directo y tomo lo que quiero, pero Hannah no va a caer en mis brazos porque le diga que la quiero en mi vida.

Mientras me siento en silencio, Mikhail no regresa durante bastante tiempo, buscando a Anton y dándole órdenes para hackear las cámaras de tráfico. No me había dado cuenta de que pudiera hackear nada, pero quizás está contactando con el asociado que se encarga de ese tipo de trabajo.

Mi teléfono vibra con una alerta. Saco el móvil del bolsillo de mi chaqueta, sin saber qué esperar. La mayoría de las alertas de mi teléfono están en silencio, como los mensajes de texto y correos electrónicos. La notificación me avisa de que hay movimiento en el apartamento.

El apartamento de Hannah.

—¿Qué cojones? —Abro la aplicación y obtengo una transmisión en directo de Hannah y Bay en la sala de estar del apartamento.

Por suerte, el cuerpo de Mark fue retirado y las pruebas de nuestro ajuste de cuentas fueron limpiadas.

Activo el altavoz, asegurándome de no encender el micrófono para que ella no pueda oírme.

—¿Qué está haciendo? —digo, observándola mientras registra el apartamento.

Ya cogimos un montón de ropa y juguetes para Bay. Hannah no está empaquetando nada. Es como si estuviera buscando algo.

No puedo quedarme sentado observando, esperando a ver adónde va después. Salgo corriendo del despacho de Mikhail, pasando rápidamente a su lado en el pasillo.

—Está en su apartamento —digo, apresurándome hacia el garaje para coger las llaves del coche.

—¿Qué está haciendo allí? —pregunta Mikhail.

—Y yo qué sé, pero lo tomo como una victoria. —Solo tengo que llegar allí antes de que encuentre lo que sea que esté buscando y se vaya.

Me apresuro a cruzar la ciudad, saltándome varios semáforos y señales de stop para llegar al apartamento de Hannah antes de que se haya ido. Subo corriendo por las escaleras, sin esperar al ascensor. Solo son tres pisos. Al acercarme a la puerta, levanto la mano y doy unos golpes firmes.

¿Huirá?

No bajará con Bay por la escalera de incendios, y las ventanas están demasiado altas para escaparse. Hay movimiento al otro lado de la puerta, pero no viene a abrir ni a ver quién está llamando. Pruebo con el pomo, pero está cerrado. Quizá no debería sorprenderme, pero golpeo la puerta de nuevo, más fuerte.

—Hannah, tenemos que hablar.

Sus pasos resuenan mientras se acerca a la puerta, quita el pestillo y tira para abrirla.

—¿Qué quieres?

—¿Puedo entrar, o prefieres que tus vecinos escuchen todo?

La mirada de Hannah se endurece, pero se aparta. Tiene los labios apretados y cruza los brazos sobre el pecho.

—Bay, cariño, ve a tu habitación unos minutos.

—No quiero —se queja Bay, mirándome fijamente —. Mamá está enfadada contigo.

Sí, niña, dime algo que no sepa ya. Me agacho hasta el nivel de Bay.

—¿Qué te parece si haces caso a tu madre? —Le revuelvo el pelo, y ella se escabulle de mi agarre antes de salir corriendo hacia su habitación.

—Sea lo que sea que hayas venido a decir, no quiero oírlo —dice Hannah. Me da la espalda y continúa el asalto a su apartamento, abriendo cajones y destrozando el lugar.

—¿Qué estás buscando? —¿Tendrá dinero escondido o un segundo juego de papeles y documentos para ocultarme?

—La maldita cuenta que dices que Mark tiene en las Caimán —dice Hannah—. Si te encuentro la información de la cuenta nos dejarás en paz a Bay y a mí.

—No me importa el dinero.

Mikhail podría no estar de acuerdo conmigo, pero no se trata del dinero con Hannah. Se trata de mi hija. Quiero a Bay en mi vida. ¿No se da cuenta?

Me mira por encima del hombro mientras destroza el escritorio del ordenador. Cada cajón está en el suelo. Está buscando un doble fondo, pero dudo que Mark escondiera las pruebas en su escritorio. Sería demasiado obvio, incluso para él.

—¿Por qué estás aquí? —pregunta Hannah.

—Nunca quise que te fueras.

—¿Y la carta? —De nuevo me da la espalda. No quiere enfrentarme. Puedo sentir su enfado, quizá incluso resentimiento, por haber confiado en mí.

—Nunca la abrí. Puede que la metiera en el bolsillo de mi abrigo, pero eso es todo lo que hice.

Se burla de mi sugerencia de que soy inocente en todo esto.

—La cogiste de mi apartamento y no me lo dijiste.

No es una pregunta sino una acusación.

—Debería habértelo dicho —digo, absteniéndome de poner excusas.

—¿Planeabas dármela? —pregunta Hannah, girándose para mirarme.

El sobre está en mi bolsillo, su contenido me quema mientras ella habla de él, y lentamente saco la carta y el sobre de mi chaqueta. Está abierto, arrugado, pero aún legible.

—No hubo maldad, *Zaya*.

—¡No me llames así! —Arrebata la carta de mi mano —. Esto no te pertenece.

Tiene razón, la carta era para ella, y aunque la tomé para protegerla, entiendo que no lo vea así. Ninguna cantidad de disculpas ayudará, y no soy un hombre que ruegue perdón.

—Puedes odiarme todo lo que quieras, pero tengo derecho a ver a mi hija.

Está negando con la cabeza, sus mejillas rojas. Está ardiendo y a punto de explotar como un volcán.

Debería dar un paso atrás, retirarme, encontrar un punto en común y dejar esta pelea para otro día. Pero no soy un hombre que retroceda o se aleje de situaciones difíciles. Las enfrento a diario, aunque normalmente no involucran a mi familia.

—¡No tienes ningún derecho, Luka! —me grita Hannah.

Me acerco más, cerrando el espacio entre nosotros, rompiendo la distancia mientras me alzo sobre ella. Un hombre inteligente sabría darle espacio, pero me interesa más el fuego en su mirada. Se romperá, y cuando lo haga, seré yo quien recoja los pedazos, aunque signifique destruirla primero.

—Soy su padre. El tribunal dirá otra cosa.

Su mandíbula cae, y me empuja mientras pasa a mi lado y se dirige hacia la cocina.

—Adelante, llévame a los tribunales. Les mostraré las pruebas de que estás involucrado con el crimen organizado. Nunca volverás a ver a Bay.

—Estás tirándote un farol. No tienes nada. —La sigo hasta la cocina, arrinconándola contra la encimera —. Si lo tuvieras, ¿no crees que los federales o la policía estarían llamando a mi puerta? ¿Es por eso que volviste aquí? ¿Buscando información comprometedora sobre mí?

Hannah inhala bruscamente y se estremece. La habitación no está fría excepto por su gélida mirada mientras me mira con desprecio.

—Te odio.

—Dime qué he hecho para merecer tu aborrecimiento. —Inclino ligeramente la cabeza, mirándola desde arriba.

Tiene la espalda apoyada contra la isla de la cocina. Mira más allá de mí, su lengua asoma, rozando el borde de sus labios.

—¿*Zaya*? —Estoy esperando su respuesta. Quizás debería recordarle todo lo que he hecho por ella, ayudándola y protegiéndola a ella y a nuestra hija—. Te ofrecí refugio, un hogar, seguridad frente a un hombre que te tenía prisionera.

Abre los labios y escapa un profundo suspiro.

—Es algo serio.

—¿Me equivoco?

Hannah no puede sostenerme la mirada. Sabe que tengo razón. Alzo la mano y apoyo el pulgar bajo su barbilla, guiando su mirada hacia mí.

—Él te dejó moratones, te rompió, ¿y crees que yo soy el monstruo?

—Eres un delincuente —dice Hannah. Hay un destello de miedo detrás de sus ojos azules. Me tiene miedo. ¿Qué he hecho para merecer su miedo y su disgusto?

No voy a hablar de mis delitos, y menos bajo su techo. Las cámaras siguen funcionando y grabando. Cualquiera podría interceptar la señal, incluido el FBI.

Aunque no la he visto correr hacia ellos, no puedo estar seguro de que no nos estén vigilando. Madisyn tiene vínculos con el FBI, y aunque puede que haya dejado atrás esa vida, ¿quién puede asegurar que ellos nos han dejado atrás a nosotros?

—Me temes por todas las razones equivocadas —digo.

Exhala un fuerte resoplido y frunce el ceño. Hannah arrastra su labio inferior entre los dientes, un hábito nervioso que le veo hacer con demasiada frecuencia.

Últimamente, su frustración había sido con Mark, algo con lo que podía lidiar, pero que Hannah me desprecie es algo completamente nuevo, y no me gusta.

—¿En serio? ¿Todas las razones equivocadas? Dime que Mark se equivoca y que no eres bratva.

No voy a mentirle. Hannah merece la verdad.

Mi silencio es mi admisión de culpabilidad. Aparto la mano de su mandíbula. Su mirada ardiente es suficiente para revolverme el estómago. No necesito obligarla a mirarme.

—¿También mataste a Mark?

—No tuve que matarlo. Se desplomó muerto en el salón. —Es la verdad. Quizás no ayudé a reanimarlo, pero eso no es un crimen. El hombre merecía morir, y tuve la suerte de que ocurriera cuando ocurrió, antes de que pudiera hacerle daño a Hannah de nuevo.

—No te creo —dice Hannah.

Debería dar un paso atrás y darle algo de espacio, pero no lo hago. Al menos con su cuerpo atrapado contra la isla, sé que no va a ir a ninguna parte. No puede huir mientras la tengo a mi alcance.

Y ella no me aparta.

—Puedo demostrártelo —digo.

Es arriesgado revelar las imágenes de vigilancia. Sí fuimos al apartamento para darle una paliza a Mark. Pero el ataque al corazón, eso no fue cosa nuestra. Yo no le maté.

Sus ojos parpadean.

—¿Cómo? —Me mira de arriba abajo. Mantiene los hombros rectos y hacia atrás. Su postura es un intento de parecer más dura y decidida, sin un ápice de fragilidad.

—Después de que aceptaras mudarte conmigo, pusimos el apartamento bajo vigilancia. Queríamos asegurarnos de que Mark recogiera sus cosas y se marchara.

—¿Hay grabaciones de vídeo de mi apartamento? —Sus manos llegan a mi pecho y me empuja hacia atrás, alejándose del mostrador mientras busca las cámaras.

Son imposibles de detectar. Equipos de alta tecnología y de nivel superior que las agencias gubernamentales utilizan en todo el mundo. No salieron baratas, pero no hay precio demasiado alto para la seguridad de mi familia.

Saco mi teléfono móvil del bolsillo y abro la aplicación. Sinceramente, no estoy seguro de que mostrarle las imágenes sea lo más conveniente para mí. Ella no sabía que yo estaba en su apartamento cuando Mark tuvo un ataque al corazón, pero su idea de que soy la razón por la que murió porque lo asesiné, esa idea debe ser eliminada.

Me salto la parte donde entro y le pongo una pistola en la cabeza a Mark y le hago sangrar la nariz. No necesita presenciar la violencia. Pulso reproducir y le entrego mi teléfono.

Jadea y mira en dirección a una de las cámaras y luego de nuevo al teléfono mientras se desarrolla la escena. Doy un paso atrás con cautela.

—¿Mamá? —Bay asoma la cabeza desde el dormitorio.

—¡Vuelve a tu habitación, Bay! —Hannah regaña a

su hija, señalando en dirección al dormitorio de la pequeña.

Bay no se mueve. Está de pie con su peto y coletas. Ya se ha quitado los zapatos y los calcetines. Bay debe haberse quitado esas prendas mientras estaba en su dormitorio.

—Es aburrido —dice mientras camina hacia mí con una gran sonrisa—. Quiero mis juguetes.

Hannah pausa el vídeo cuando Bay se acerca, asegurándose de que no presencia el mismo evento que Hannah está viendo en la pantalla.

Me inclino hasta el nivel de Bay y le hago cosquillas.

—¡Papá! —chilla y se retuerce en mis brazos.

Rodeo con mis brazos a la pequeña tigresa, abrazándola. Hannah apaga la pantalla de mi teléfono, habiendo visto suficiente. Me devuelve el móvil. No estoy seguro de que el vídeo la haya convencido de que no soy el tipo malo que cree que soy.

—Bay, ven aquí —dice Hannah.

—¡No! —grita la pequeña.

Bay envuelve sus brazos alrededor de mi cuello, y miro a Hannah.

—Deberías escuchar a tu madre. —Aunque no quiero dejar ir a Bay, tampoco voy a secuestrar a mi hija.

Desenredo a Bay de mi cuello, y Hannah da un paso adelante, arrebatando a Bay del suelo y levantándola.

—Quiero que quiten las cámaras.

—Haré que los hombres que instalaron las cámaras las retiren —digo.

—Y quiero que me devuelvas todo lo que está en tu posesión, ya que no hay razón para que Bay y yo sigamos viviendo contigo.

Meto el móvil en el bolsillo de mi chaqueta.

—Solo porque Mark se haya ido, no tienes por qué abandonar el complejo.

—¿Complejo? —repite Hannah—. Vaya. Y yo pensando que era solo una casa muy bonita propiedad de Mikhail. Por eso vives allí a tiempo completo, para proteger sus bienes y propiedades.

Ignoro su comentario. Está enfadada porque mantuve en secreto lo que hago, pero ¿cómo podría contárselo sin poner en riesgo su seguridad? ¿No se da cuenta de que lo único que he querido es mantenerla a salvo?

—Deberías irte —dice Hannah.

No voy a abusar de su hospitalidad, no es que realmente me hubiera invitado a entrar.

—No pienses que no voy a luchar por la custodia de mi hija.

Sus ojos se contraen.

—Luka, por favor. —Su voz se quiebra, y veo que su determinación se desmorona. Si le quito a Bay, nunca me perdonará.

—No puedes pedirme que me aleje y no vea a mi hija.

Hannah se dirige a la puerta, indicando que es hora de que me vaya.

—No vamos a tener esta conversación —dice Hannah.

—Bien, si no quieres tenerla ahora, involucraremos a los abogados y a los tribunales.

—Por favor, no lo hagas —susurra.

Abro la puerta. No estoy listo para irme, y no confío en que no huya. Si tiene miedo de que luche por la custodia, tiene motivos para desaparecer con mi hija. Aunque ya hay cámaras dentro del apartamento, no me ayudan a seguir a Hannah o localizarla cuando salga. Puedo pedir a uno de nuestros guardias que vigile el apartamento y siga a Hannah cuando salga, pero ¿durante cuánto tiempo?

—Quizás no me creas, pero ya me he enamorado perdidamente de Bay. No puedes alejarla de mí.

Hannah cierra la puerta suavemente, permitiéndonos hablar. Deja a Bay en el suelo mientras la niña se retuerce para liberarse. La pequeña tigresa se estrella contra mis piernas, casi derribándome, riéndose antes de decidir que es buena idea trepar por mí como si fuera un árbol. Los hombros de Hannah se desploman.

—No quiero que esto sea una batalla por la custodia, Luka.

—Yo tampoco. No estoy luchando por la custodia completa. Ni siquiera quiero que esto sea una pelea —aclaro—. Vuelve a casa conmigo, resolvamos lo que está pasando y descubramos nuestra relación juntos.

Cruza los brazos sobre el pecho.

—Aparte del hecho de que me mentiste, ¿es seguro siquiera que vivamos contigo?

Estará un millón de veces más segura viviendo conmigo bajo el techo de Mikhail, con guardias armados y una ex agente del FBI en las instalaciones, que en un apartamento al otro lado de la ciudad donde podrían entrar fácilmente.

—Nuestros guardias están entrenados para mantener a todos dentro de las instalaciones a salvo. Madisyn solía ser agente del FBI. ¿Crees que viviría con Mikhail y traería a un niño a la casa si no fuera seguro?

Hannah permanece callada, reflexionando sobre mis palabras mientras mira hacia el pasillo.

—¿De verdad no heriste a Mark? —pregunta—. Porque estabas allí, viste lo que pasó.

Debe no haber visto la grabación completa. Ciertamente no le mostré el vídeo de nuestra entrada al recinto.

—Llamamos a los paramédicos —digo. Es la verdad, y si hubiera visto la grabación, vería que eventualmente pedimos ayuda. Puede que no fuera cuando Mark se desplomó en el suelo, pero sí llamamos a una ambulancia—. Vuelve a casa, Hannah, déjame mostrarte el hombre que soy.

—¿Aparte de un monstruo?

—Nunca afirmé ser algo que no soy. Viniste a mí pidiendo ayuda con Mark.

Mira al suelo.

—Fui por Madisyn. No sabía que tú estarías allí.

—¿Te he hecho daño alguna vez? —pregunto, clavándole la mirada.

—No, pero apenas te conozco.

Eso no es culpa mía. No puede culparme por no haberme encontrado antes.

—¿Qué quieres saber? —pregunto.

—¿Has matado alguna vez a alguien?

¿Por qué tiene que empezar con las preguntas difíciles?

—He estado en una guerra, *Zaya*. Ya sea con la bratva o por mi país, los hombres mueren. No estoy orgulloso de las atrocidades que me he visto obligado a soportar, pero tampoco puedo borrar mi pasado.

¿Habrá satisfecho eso su persistente curiosidad?

—Eres peligroso —susurra, mirándome.

Teme lo que no conoce, no quién soy realmente.

—Vuelve a casa, déjame mostrarte quién soy. No pongas palabras en mi boca sobre quién crees que soy por lo que has leído o visto en películas. ¿Te he hecho daño físicamente alguna vez? ¿Te he puesto un dedo encima?

Hannah guarda silencio mientras se da cuenta de que no soy la bestia que ella ha imaginado.

—Mark era más monstruo que yo, no porque estuviera desviando dinero de nosotros, sino por lo que te hizo. Los moratones pueden desaparecer, pero Mark dejó cicatrices que necesitan tiempo para sanar.

Bay empuja mis mejillas como si fuera un pez, aplastando mi cara y riéndose. La niña parece ajena a la tensión entre nosotros, o tal vez está intentando mejorar la situación.

Le doy puntos si es lo segundo.

Un denso silencio cae sobre nosotros. Hannah debe saber que tengo razón, que lo único que he querido es protegerla a ella y a mi hija.

—No vuelvas a mentirme nunca —dice Hannah.

CAPÍTULO VEINTIUNO

HANNAH

Luka está listo para volver a casa.

—Puedes irte. Te veré de nuevo en el complejo —digo.

Me lanza una mirada que ignoro. Voy a seguir buscando cualquier documento sobre la cuenta de Mark.

—Eso no va a ocurrir —dice Luka.

Mi plan original había sido ofrecer la cuenta con el dinero a Mikhail y sus hombres. A cambio, nos dejarían en paz a Bay y a mí. Pero eso no parece probable. Luka está decidido a mantener a Bay en su vida, y entiendo su punto. Ella ya está encandilada con él, y él es su padre biológico.

Es lo que quería: su participación en la vida de ella... en nuestras vidas.

Pero su implicación con el crimen organizado no calma mis nervios ni mi ansiedad. ¿Cómo se supone que debo mirar hacia otro lado? ¿Qué hay de la seguridad de mi hija? Nunca podría vivir conmigo misma si le pasara algo.

—Entonces échame una mano —digo.

—¿Qué estamos buscando exactamente? —pregunta y deja a Bay en el sofá. Ella se baja y se aferra a sus piernas. Son inseparables, y solo han pasado unos días.

—Papá. —Bay se agarra a sus piernas, y él la levanta en el aire, poniéndola boca abajo antes de volver a colocarla en el sofá—. Otra vez.

—¿Otra vez? —pregunta Luka, dándole a Bay toda su atención. Está sonriendo, con los ojos brillantes, y es honesto y genuino. Sin duda, ama a mi hija... su hija.

Es como si Bay se hubiera dado cuenta de lo que se ha perdido y lo estuviera compensando, robando su atención cada segundo que puede. Es demasiado pequeña para entender por qué él no estuvo cerca, y una separación inevitablemente la lastimaría.

No quiero eso para Bay, y me atrevo a admitir que tampoco quiero que Luka salga de nuestras vidas. Solo necesito estabilidad. No puedo estar constantemente mirando por encima del hombro, preocupada por el peligro que podríamos enfrentar porque hay hombres que lo quieren muerto.

Espero equivocarme, y que no sea más que mis miedos e inseguridades interponiéndose en el camino de lo que podría ser.

—¿Hannah?

—Ah, sí. —Ya he revisado el escritorio, la mesa de café y el mueble del televisor. Los cajones de los dormitorios también estaban vacíos—. Si Mark robó dinero de Mikhail y tiene una cuenta extranjera, ¿no habría algún documento?

Luka levanta a Bay en el aire, volteándola de nuevo antes de dejarla caer con gracia sobre el mullido sofá.

—También podría estar en un portátil, en un *pendrive* o en un servidor en la nube. No hay razón para que hubiera tenido que imprimir los documentos a menos que quisiera copias porque planeaba huir del país.

—Mencionó que nos mudaríamos por su trabajo. —Me pellizco el puente de la nariz. Me palpita la cabeza y podría usar una buena dosis de cafeína para evitar una migraña inminente.

—Tal vez sí imprimió los documentos. ¿Dónde guarda su pasaporte? —pregunta Luka.

—En el cajón superior de su escritorio, pero los pasaportes y los papeles no estaban allí. Los míos también han desaparecido —digo.

Su mandíbula se tensa, y está tan malhumorado como parece.

—¿Qué pasa? —pregunto. Se me hunde el estómago. ¿Qué sabe él?

—Podría no ser nada. Llamaré a Mikhail y haré que uno de sus hombres revise la oficina donde Mark trabajaba antes.

—¿Por qué?

—Puede que hayas sido tajante sobre no querer salir del país, pero sospecho que Mark planeaba huir y llevaros a las dos con él.

Dejo de registrar el apartamento. Luka no cree que lo que necesita esté en este lugar. Me dejo caer en el sofá.

—¿Por qué llevar los documentos a la oficina? ¿Qué propósito tendría?

—Quizás los necesitaba para reservar billetes de avión para salir del país. Claro que podría haber tomado simplemente una fotografía con su teléfono para capturar la información, pero nadie dijo que Mark fuera inteligente.

Luka coloca a Bay en el sofá junto a mí, y ella se sube a mi regazo. La niña tiene una cantidad infinita de energía. Al menos mientras estoy en el trabajo, ella suele estar en preescolar socializando con otros niños de su edad.

—¿Qué tal si nos vamos a casa? —dice Luka.

Aunque su casa no se ha sentido del todo como un hogar para mí, el frío apartamento me trae recuerdos de las amenazas de Mark y su reciente muerte en el suelo de la sala de estar. Y aunque antes solo lo había imaginado, un vistazo al vídeo es suficiente para darme pesadillas.

No puedo vivir aquí.

—Vale —digo y levanto a Bay, mirando sus pies descalzos—. ¿Dónde están tus zapatos y calcetines, señorita?

—Soy un tigre —dice Bay, mostrándome su rugido más grande y un gesto con las manos para demostrar su fuerza.

—¿Le enseñaste tú eso? —Me río, mirando a Luka mientras me sigue al dormitorio de ella y recoge sus zapatos y calcetines del suelo.

—Es posible que le haya llamado un par de veces tigresa.

—¿Y qué hay de mí? ¿Qué significa *Zaya*? —pregunto. Estoy segura de que es un término cariñoso. Simplemente no he descubierto qué significa exactamente.

Luka sonríe con picardía, sus ojos brillantes y centelleantes de alegría.

—No puedo revelar todos mis secretos.

CAPÍTULO VEINTIDÓS

HANNAH

Varios meses después...

—¡Oh, mierda! —La voz de Madisyn retumba por el pasillo de Steele Concierge Medical.

Me apresuro a doblar la esquina y antes de poder preguntarle qué ocurre, me doy cuenta de que está de parto. El suelo a sus pies brilla mojado. Ha roto aguas.

—Necesito que llames a Mikhail —ordena Madisyn entre contracciones. No tengo el número de Mikhail en mi teléfono, y este no parece el mejor momento para pedírselo.

Está concentrándose en su respiración, y yo la llevo abajo a la planta de maternidad. La unidad quirúrgica no es lugar para que una mujer dé a luz, y aunque soy enfermera, no voy a ser yo quien reciba al bebé de Madisyn.

Me sé de memoria el número de Luka, y en cuanto entro en el ascensor, él responde a la llamada.

—¿Diga?

—¿Está Mikhail contigo?

—Sí —dice Luka—. ¿Por qué? ¿Qué ocurre? —Su alegre saludo se ha convertido en preocupación.

—Nada —digo, sin querer preocuparle.

—¡No es nada! —grita Madisyn mientras se agarra a la pared del ascensor, y la recepción del teléfono se vuelve irregular.

Aparto el teléfono para ver si he perdido la llamada. Todavía no, pero es difícil oír algo. En cuanto llegamos a la planta baja y se abren las puertas dobles, Luka vuelve a estar al teléfono.

—Madisyn está de parto —digo.

—Me lo imaginaba por sus gritos —dice Luka—. Vamos de camino al hospital. Quédate con ella hasta que lleguemos.

¿Adónde más iba a ir?

—¿Puedes pasar a recoger a Bay de la guardería? —pregunto.

—Después de dejar a Mikhail en el hospital —dice Luka—. Ya estamos en el coche a mitad de camino.

No me molesto en preguntar qué estaban haciendo; sé que es mejor no hablar de sus asuntos de negocios. No quiero saberlo. Ese es el acuerdo que hicimos. Él mantendría sus responsabilidades empresariales para sí mismo para protegernos a Bay y a mí.

Aunque por supuesto que me preocupo demasiado. Y puede que tenga razón.

Una enfermera se lleva rápidamente a Madisyn, y yo la sigo por el pasillo, negándome a dejarla sola.

—¿Quieres hablar con Mikhail? —pregunto, dándole privacidad mientras está detrás de una cortina con la enfermera, ayudándola a cambiarse a un camisón de hospital.

—¿No viene? —Su voz sube una octava, y la enfermera abre la cortina, con el camisón puesto y la ropa de Madisyn en medio del suelo.

—Está en camino.

—¡Pues dile que se dé prisa! —Otra contracción hace que gima y se doble de dolor.

—Será mejor que llegues antes que el bebé —digo.

—Sí, jefa —bromea Luka conmigo antes de colgar.

La enfermera comprueba las constantes vitales de Madisyn. Le doy unos minutos mientras recojo su ropa sucia del suelo, la meto en una bolsa de plástico y luego miro hacia el pasillo. Todavía no hay señal de Mikhail.

—¿Está aquí? —pregunta Madisyn, mirándome desde la cama.

—Lo estará —digo, asegurándole que todo irá bien. Mikhail no se va a perder el nacimiento de su primer hijo, pase lo que pase.

No me atrevo a admitir que me siento mal porque Luka no estuviera allí cuando nació Bay. No es culpa suya ni mía. Intenté localizarlo, pero era un hombre difícil de encontrar. Ahora no quiero estar en ningún otro lugar que no sea con él. Hemos ido despacio desde la muerte de Mark, lo cual es lo mejor. Lanzarse de cabeza a una relación podría haberse sentido bien al principio, pero ambos tenemos que pensar en Bay. Además, como apenas sabemos nada el uno del otro, es difícil que no se trate solo de deseo. Y el deseo no dura para siempre. Con Luka quiero más. Para siempre.

—¡Ya estoy aquí! —Mikhail entra corriendo en la habitación y pasa a mi lado, dedicándome un gesto con la cabeza—. Gracias —susurra y corre al lado de Madisyn, tomándola de la mano.

No quiero entrometerme. Salgo silenciosamente al pasillo. Estoy cerca de la puerta por si Madisyn necesita algo, pero ella tiene a Mikhail, a las enfermeras y al médico.

Le doy espacio, privacidad y tiempo para que establezcan vínculos. Muy pronto serán tres, y sus vidas cambiarán para siempre.

—¿Me he perdido el nacimiento? —pregunta Bay mientras Luka la lleva por el pasillo. Está abrazando un osito de peluche de la tienda de regalos, con la etiqueta aún colgando de la oreja.

Tengo la sensación de que cogieron el regalo para el nuevo bebé, pero si estoy en lo cierto, Bay no va a querer separarse de él.

—Créeme, no quieres verlo —bromeo, sonriendo a Luka y Bay—. Gracias.

Agradezco que se tomara el tiempo de recogerla, volviendo sobre sus pasos ya que iba al centro de conserjería con Mikhail.

—Por supuesto. ¿Cómo está? —pregunta Luka.

—¿Madisyn o la niña? —pregunto.

Luka sonríe genuinamente.

—Vaya. Mikhail debe estar sorprendido. Juraba que sería un niño. Debería haber aceptado su apuesta.

—Pero eres un buen hombre —digo, poniéndome de puntillas y besándole—. ¿Y realmente quieres enfadar a tu jefe?

—Buen punto.

—¡Mamá! —Bay extiende sus brazos, queriendo

bajarse de Luka mientras se trepa a mí como un pequeño mono.

—¿Qué tal el cole? ¿Te has divertido? —pregunto.

—¿Puedo tener una hermanita? —pregunta Bay.

—Esa es una excelente pregunta —dice Luka, con una sonrisa pícara en su rostro.

—¿Has incitado a Bay a esto?

Luka levanta las manos en señal de rendición.

—Me acojo a la Quinta Enmienda.

EPÍLOGO

LUKA

Seis semanas después...

—¿Estás seguro de que quieres mi ayuda? —pregunta Madisyn mientras contemplamos los anillos de diamantes tras el mostrador de la joyería. Esta es la quinta tienda en la que hemos entrado esta tarde.

Echa un vistazo a su teléfono, distraída.

—Hannah y Mikhail pueden ocuparse de Kira. —No es sorprendente que esté preocupada. Es la primera vez que deja a la bebé y sale por su cuenta. Aunque, técnicamente, no está sola. Me está ayudando a comprar un anillo de compromiso.

—Es que nunca he dejado a Kira sola.

—¿Crees que Mikhail no puede ocuparse de la bebé? —pregunto.

—No, es bastante capaz. Solo que ya la echo de menos.

—Bien, entonces ayúdame a elegir un anillo de compromiso y podremos volver a casa.

Se ríe.

—Esto podría llevarnos una eternidad al ritmo que vamos. ¿Hannah sabe que estamos buscando anillos?

Me detengo cuando veo el anillo perfecto y le pido al dependiente de la joyería que lo saque de detrás del cristal.

—Ni siquiera sabe que estoy planeando pedirle matrimonio.

—¡Qué mono! —suspira Madisyn—. Yo todavía estoy esperando que Mikhail me lo pida, pero no ha pasado tanto tiempo. Lleváis juntos solo unos meses. ¿No crees que es demasiado pronto?

Contempla embelesada el anillo de compromiso mientras el joyero lo saca del expositor.

—Deja de intentar darme miedo. Amo a Hannah y quiero pasar el resto de mi vida con ella y con Bay. Además, estamos intentando tener otro bebé, y antes de que ese pequeño aparezca, quiero hacerlo oficial.

Puede que Hannah estuviera comprometida una vez, con Mark, pero tenía la intención de casarse con él por estabilidad, no por amor. No tengo esas dudas sobre nuestra relación. Ella ha dejado claro que me ama tanto dentro como fuera del dormitorio.

No tengo el problema de Mark, la incapacidad de hacerla gritar mi nombre en éxtasis. No, es todo lo contrario. Es una lucha mantenerla callada cuando la llevo al límite, para que no despierte a todo el complejo.

—¿Cómo vas a proponérselo? —pregunta Madisyn.

Examino el anillo. Se verá increíble en la mano de Hannah. Es de oro blanco y precioso, con un gran diamante en el centro y diamantes más pequeños alrededor de la banda. Cuesta más de lo que me gustaría admitir, pero ella vale cada céntimo.

—No he llegado tan lejos —digo—. ¿Crees que preferiría un gran gesto o algo pequeño e íntimo?

—Hannah parece más del tipo de propuesta pequeña y privada, pero yo quiero el gran gesto si Mikhail me lo pide.

—Me aseguraré de hacérselo saber. —Me río y pongo los ojos en blanco. Inspecciono minuciosamente el anillo de nuevo, asegurándome de que sea perfecto—. Me lo llevo.

Gracias por leer Wicked Boss. Espero que hayas disfrutado de la historia de Luka y Hannah. ¿Quieres leer la propuesta y ver más de tus personajes favoritos? Continúa la aventura con Nikita y Lucy en *Jefe Posesivo.*

Lucy Quinn

He tomado algunas malas decisiones en mi vida. En lo alto de la lista, intentar robar a la Bratva rusa. No era consciente de a quién estaba robando ni en qué me estaba metiendo hasta que fue demasiado tarde.

Los guardias con armas en la entrada deberían haber sido un indicador para alejarme.

Pero ahora no puedo irme.

Estoy metida hasta el fondo con la bratva, obligada a trabajar para ellos, bajo Nikita Krylova.

Nikita Krylova

La pequeña fierecilla pensó que podría robarme, atracarnos a ciegas y no ser castigada.

Por suerte para mí, el pakhan, Mikhail Barinov, me ha dejado elegir cómo manejar nuestro pequeño problema de un metro sesenta, pelo oscuro y ojos verdes.

Es impetuosa, insolente y descarada.

Soy justo el hombre para domarla.

Romperla.

Y hacerla mía.

Jefe Posesivo es el tercer libro de la serie Bratva Brothers. Se puede leer como una historia independiente, no contiene infidelidades ni finales abiertos, y tiene un final feliz.

REGALOS, LIBROS GRATIS Y MÁS REGALOS

Espero que hayas disfrutado de Jefe Perverso y que te haya encantado la historia de Luka y Hannah.

Apúntate a mi boletín de Willow Fox

Si has disfrutado de Jefe Perverso, tómate un momento para dejar una reseña. Las reseñas ayudan a otros lectores a descubrir mis libros.

¿No estás seguro de qué escribir? No pasa nada. No tiene que ser largo. Puedes compartir cómo descubriste mi libro; ¿fue una recomendación de un amigo o de un club de lectura? Deja que los lectores sepan quién es tu personaje favorito o qué te gustaría que pasara después.

Gracias por leer. Espero que consideres la posibilidad de unirte a mi lista de correo para recibir libros gratuitos, promociones, regalos y noticias sobre nuevos lanzamientos.

SOBRE LA AUTORA

A Willow Fox le gusta escribir desde que estaba en el instituto (hace muchos años). Sus romances de pueblo reflejan la vida en un pequeño pueblo de la América rural.

Ya sea escribiendo romances o sentada junto a la hoguera leyendo un buen libro, Willow ama la magia de la palabra escrita.

Sueña con que la barran con sus pies y espera hacer eso con sus lectores.

Visita su página web en:

https://authorwillowfox.com

TAMBIÉN DE WILLOW FOX

Serie Táctica Águila

Expuesto: Jaxson

Sigilo: Mason

Oculto: Lincoln

Encubierto: Jayden

Matrimonios de la Mafia

Voto Silencioso

Voto Cautivo

Voto Salvaje

Voto Involuntario

Voto Despiadado

Los Hermanos Bratva

Jefe Brutal

Jefe Perverso

Otros títulos de libros románticos disponibles en inglés, francés, alemán e italiano en shopwillowfox.com.

www.ingramcontent.com/pod-product-compliance
Lightning Source LLC
La Vergne TN
LVHW100513110826
845146LV00002B/620